我们会好吗，还是会更糟

蒋话 著

中国华侨出版社

目录

人们总喜欢赋予无序的生活一些主观含义，让它尽可能充满戏剧色彩，且看上去会善始善终。

于是，偶遇变成了必然，巧合也被书写成了缘分。

然而

无论你在何时，当代或是过往，无论你身处哪一个时空，过着卑微、失落，抑或富足充裕的日子，仍是期盼着一切都会好起来，越来越好。

所以

人们总应该赋予无序枯燥的生活一些主观含义，不是吗？让它尽量充满戏剧色彩，尽可能朝着善始善终的方向不断前行。

于是，我与你的偶遇变成了必然。

冰冷的巧合，也被温暖动人的缘分充分诠释。

异人小贞

那是一次真正的魔术表演，

蒙在鼓里的，只有我和少棠。

1

“客人是南方人？”

不知道何时，老板娘来到了我的身边，一边这样问，一边用抹布替我擦了擦桌面。老板娘的口音浓重，声音洪亮，透着股北方女人的豪爽劲儿。桌子是那种餐饮店里常见的黄底木桌，桌面上无规则地分布着黑色纹路，桌面并没有弄脏的迹象。

“啊？”我抬起头，一个不留神，长发落到碗里的汤水中。

此时的我正在小吃店吃面。这个点已经过了午饭的高峰时段，店里只有稀稀拉拉两三个客人，也都坐在角落里，闷头吃着碗中食物，彼此间没有交流，气氛有种疏离的寂静。

和少棠来北方已有些时日，工作上却没有任何起色，过去抱怨忙碌无暇休息，现在冷清了下来，反而有种坐立不安的恐慌感。想到来之前的雄心壮志、美好憧憬，现在看起来却像是莫大的讽刺。

“客人您是南方来的吗？”见我一时没反应过来，老板娘又问道，递过纸巾给我。我一愣，才接过纸巾擦去头发上的汤汁。老板娘的年纪在四十岁上下，腰板挺得笔直，脸上带着爽朗的笑容，仿佛瞬间就能进入你心里。

“刚刚听您打电话，口音很软。”老板娘解释道。

“哦，是的。”我说，瞟了眼放在桌上的手机，刚才有两个未接来电，都是少棠打来的，直到第三个我才接起来，勉强算是和解了，却不想被老板娘注意到。

“我不是故意偷听……”老板娘说，“只是想向您请教点事情。”

“没关系的。”我连忙摆摆手，“是什么事情？”

“客人知道粢米饭吗？”老板娘问道，见没有新客人来到，干脆在我跟前坐下。原来她并不是漫无目的地闲聊。

粢米饭，那是一种南方特有的小吃，来北方后别说看到过，都没听人提起过。

“粢米饭……”我喃喃道。

这三个字，让我想起了一个人。不，我不知道称他为“人”是否准确。

我的目光随着氤氲的蒸气变得恍惚，思绪却越来越清晰，流光般闪回到了那天。

遇上“奇人”小贞的那个夜晚。

2

第一次见到小贞的情形叫人难以启齿，很容易被认为精神错乱，因为没有一点点防备，他就出现在我家的电视机屏幕里。

那天本来和一帮合伙人在餐厅吃饭，因理念不合与少棠争论了几句，却是越吵越凶，气得我中途离席就没有再回去，到路边摊一个人喝了几瓶闷酒，少棠也没有来找我。

我拎着酒瓶，像个被大人抛弃的小姑娘，一步步蹒跚着回家。走入小巷的时候，黑夜无星。在黑暗中前行，仿佛不前不进，寸步难行，我好似凭借着意志、运气才找到家门。

一回到家，我习惯性地打开电视机，将音量调高，躺在沙发上。一个人在家的时候，我总会让电视开着，像是给冷清的家里带来些人气，也或多或少驱赶了内心的焦虑与孤寂。

我听着电视节目中主持人那浑厚的声音，闭上眼睛缓缓放松，整个身子都要陷入到柔软的沙发当中去。

然后，电视的声音消失了，前一秒主持人那浑厚的声音还充盈着我的双耳，下一刻，那声音便消失无踪，就像被人按了静音键。

我察觉到异样，揉揉眼睛，半坐起身子，目视着电视机。

电视里播放的节目是《动物世界》，在原生态、满目金黄的草原上，却有奇怪的东西混在其中。

一个面容清秀、身材颀长的大男生站在一棵枝叶稀疏的矮树下。他穿着一件颜色艳得离谱的上衣，与画面格格不入。他的手上既没有摄像机，领口也没有别话筒，因此不可能是《动物世界》栏目组的摄制人员或者外景主持。

更重要的是，他的目光缓缓上移，最后锁定了沙发上的我，一副满怀期待的样子。在男孩的身边，有一群《动物世界》里常见的羚羊。羚羊对混入它们之间的男孩好似熟视无睹，竟然继续安详地于原地休憩，没有丝毫骚动，就像他并不存在一样。

“姐姐……”

我与他四目相对，男孩忽然出声喊道。他皱着眉头，微噘起嘴，样子有些惹人怜爱。

我从沙发上弹了起来，寒意直上脊梁。上次听说电视机双向互动，还是在《午夜凶铃》的电影里啊，女鬼贞子直接从电视机里钻出来，后果我不说大家也都知道。这种事怎么偏偏也能被我遇上呢！

“叫……我？”我能感觉到自己的声音在颤抖。

“是啊，姐姐。”没想到电视里的男孩真的点点头。

“什么东西？！”我慌乱地抄起地上的扫帚，将扫帚头对准电视机，即使借着酒精作用，我也明显地失态了。

“别……别怕。”男孩举着双手，“我不会伤害你的。”

“那你想要干吗！”我明显地察觉到双腿发软，仿佛被抽掉了骨头，一步也迈不出去，若不是靠意志坚持着，我怕是早瘫倒在地上了。

男孩摸摸自己的肚子，说：“我好饿，只是想从电视里出来向你讨些吃的。”

“女鬼贞子也想从电视里出来，结果呢？”我胡言乱语地回答着。忽然我想到了什么，扔了扫帚像箭一样蹿出去，一把拔掉墙角的电源，电视机“啪”的一声暗掉了。

房间里恢复了安静。

我靠在墙边，喘着粗气，有种劫后余生的庆幸。不过我不敢大意，依然盯着电视机荧屏，就怕它忽然再亮起。

屋子里静得出奇，只能听到挂钟的嘀嗒声和我粗重的喘气声。

会不会是电视台安排的节目？我忖道。思考能力正在逐步恢复，我想到许多电视台喜欢策划真人恶搞栏目，预设出诸多离奇现象，然后在暗中偷拍被测试者的夸张反应。

我才不要上电视被当作笑料！我双手叉腰，打算寻找隐藏在暗角里的摄像机，然后，却听到像水流一样的窸窸窣窣声。

我循声望去，借着月光，看到一条银白色的细流。现在回忆，那更像是水银般的物质，从墙上有线电视的电线、插孔间流泻开来，借着重力慢慢往下流，于墙角汇拢。

我脑子里一片空白，四肢冰凉。等我反应过来的时候，那水银已经聚成了人形，五官渐渐分明。

“Hi，姐姐。”那个原本在电视里的男孩出现在墙角，大眼睛一眨一眨。

我的表现依然稳定：眼前一黑，当即瘫倒在地。

也不知道睡了多久，醒过来时我躺回到沙发里，身上还盖了条真丝被单，满口的酒气连我自己都被熏得难受。

“哦，还好只是个梦！”我摸摸汗涔涔的额头，长出一口气，想要自嘲一笑，笑容却突然凝结。

“实在不好意思，姐姐，真不是做梦……”男孩弯下腰，白皙的面孔出现在我的视野里。

我不负众望，再度昏了过去。

这就是我和小贞的初遇，真是丢死人了。

“这么说，你是从外星球过来的？”我打开冰箱，在里面翻找着可以吃的食物。工作一忙，我很少在家自己煮东西吃，冰箱里的食材都已过期变质。

“是啊，我的母星叫信号星。”小贞说，“如果用你们的语言来称呼它的话。”小贞是我给男孩取的名字。

“原先我一直以为只有我们这儿存在生命呢。”我的视线最终落在冰箱里装在尼龙袋里的粢米饭上，本来今早要带给少棠的，结果闹了别扭，一气之下干脆让他饿肚子。

“你能够吃米饭吗？”我朝小贞晃了晃手里的粢米饭。

“都可以的！”小贞咽着口水说道，“我都能吃。”我把粢米饭放入微波炉，加热之后递给小贞。

“可是，你和我们长得一样呀，虽然穿衣风格好像有些出入……”我摸着下巴，想起看过的科幻漫画，“外星人不都该是些形似乌贼的家伙吗？”

“唔……就是差不多的……说乌贼的只是你们的想象……”小贞一顿狼吞虎咽，顾不上好好回答我的问题。

“而且，你还会说我们的语言，这也挺奇怪的。”我歪着脑袋看着小贞，要不是亲眼看到他从水银幻化成人，打死我也不信有外星人一说。

“我到你们这里都有五六天了，掌握你们的日常用语不是问题，我还顺道了解了一些你们的文明常识，所以我们聊天不会有什么隔阂。”小贞将余下的粢米饭一口吞下，满足地抹抹嘴巴，脸上泛起红晕，像是回味般道，“真是美味啊。”

“也就是说，相比我们而言，你有着极强的学习能力？”我惊叹道。那些外语培训机构要是聘小贞当代言人，“一周攻破外语”等的宣传标语可就不再是噱头了。

“可以这么说啦。”小贞笑着挠挠头，“我在我们那里智力只能算中等偏下。”

我吃了一惊。中等偏下的智力就能在几天时间内掌握一门“外语”，信号星该出多少学霸啊，那些学霸要是不学好，把重心放在毁灭地球上，地球能抵挡几天呀?

我越想越担心，走到音响前想放音乐挽回先前因频频出丑而搞砸的星际友好局面，谁知一打开音响里面竟然放出《星球大战》的主题曲。

“这首歌旋律好听！”小贞一拍手掌道，“曲名是什么？”

“《星际人民友好大团结》。”我脱口而出。这可能是人类星际外交史上最重要的一个谎言。

谈话渐渐深入，我的一颗忐忑不安的心也已慢慢舒缓。

小贞很健谈，与地球上同龄的普通男孩并没有多大区别。他告诉我，他的家乡信号星在宇宙的另一头，离半人马座α星还有几百光年的距离。星球上的居民相貌与地球人相似，却可以将肉身以及附在身上的衣物转化为信号，借由光缆、电线等媒介传输，于千里外瞬间转移，抑或是直接进入显像管、伴音电路，让影像、声音均出现在电视上。

穿越到这里之后小贞许久没有吃东西，今晚实在难以忍受饥饿，不得已打开楼下的有线电视电箱，随机穿越进了一台电视机，这才出现在了我的房间里。

“你还是没有告诉我，你是怎么来到地球的？”我提醒道，“有飞行器什么的吗，像是UFO？”

“没有，没有那样的东西。”小贞低下头，说道，“飞行器的速度是不可能达到或者超越光速的，你们以后会明白的，想进行时空旅行，只能依靠瞬时的时空坍塌和裂缝。”

“哦……那你打算在地球上住多久？”我听得一头雾水，赶紧转换话题说，“如果没有飞行器该怎么回去？”

小贞将双臂舒展开，放在沙发靠背上：“要想回去就只能等，等着他们来接我回家。”

“‘他们’是指你的同胞吗？”我往沙发另一边挪了挪。

“是的。”

“要是他们没发现你走丢，一直不来呢？”

“一定会来的。”小贞咧嘴笑道，左边嘴角浮现出一个酒窝。

据小贞说，地球的空气对于信号星人来说相当于慢性毒药，如果在地球上三年内不回到家乡，他就会虚脱至死。不过小贞对此好像并不担忧，他坚信信号星人会留意到自己发出的脉冲波。

“信号星人穿越到地球的案例有不少哦，几乎都被安全接回去了。”小贞很有信心地挺起胸膛。

“哦，那能说说你进行星际旅行的原因吗，怎么就忽然时空坍塌了？”我好奇道。

小贞不说话了，像是在权衡、抉择，稍后叹了口气。

“有什么难以启齿的隐情？”我试探地问。

“也没什么啦。那晚，我在苞米地里犯了错。”小贞羞赧地说，“一不留神就穿越了。”

“……”

我愣住了，一时说不出话。小贞也沉默不语，一副认真的样子，不像在说谎。

这时候，音响里正好在播放王力宏的《花田错》。

“能解释清楚些吗？”我打破坚冰，问道。此后，小贞大约用了两个小时向我解释“苞米地里犯错”的意思，我则是一头雾水，完全不知道他在说些什么。

当晚，无家可归的小贞在我家住了下来。

虽说我俩彼此有了还算愉快的交流，但想到和一个外星人身处一室，还是有点怪怪的。我让小贞睡客厅里的沙发，然后将自己的卧室门牢牢锁住。

“你毕竟是男孩子嘛，男女有别，我想是星际通用的准则吧！”我找了一个还算说得过去的理由，把小贞关在卧室门外。

“好吧。”我听到小贞隔着门说道，“其实姐姐大可不必这样，男女两性只是你们这里的进化通则。”

“笑话，难道你们那边满大街都是同一种性别？”我说，依旧背靠着房门抵住。

“是三种。”小贞说。

“啊？”我惊讶地张大嘴。

“不同于地球，我们星球存在着三种性别，三人之间才会产生爱情，最后结婚也是三个人成立一个家庭。”小贞说，“就像你们说的，三角形才是最稳定的结构。”

我想象着婚礼上除了新郎、新娘之外，旁边还站着一个胡子拉碴却有着细腻皮肤的第三人，身上起了一层鸡皮疙瘩。

3

“客人，您在听吗？”老板娘望着出神的我，笑着问道。

“啊……你刚刚说的粢米饭，我吃过。”思绪被拉回现实，我连忙道。

“真是太好了。”老板娘眉目舒展，“那么，可以向您请教具体的做法吗？”

“我回忆一下。”我说，将鬓角的头发绾于耳后。我的心里却有了疑惑：若想知道粢米饭的做法，为什么不去网络上查询一下，却要来问我呢？

“昨天中午，有个姑娘来店里，点名要粢米饭，看样子是跑了许多家店，都没有买到。”老板娘自顾自地说起来，又像是在向我解释着缘由，“这种东西，我也是头一次听说，一时也没办法帮她。”

“原来是这样。”我说，“你没有向她打听做粢米饭的方法？”

“那姑娘自己也是一脸迷糊，只知道‘粢米饭’三个字，却说不出个所以然来。”老板娘说，“后来还是店里的另外一个客人告诉我们说，那或许是南方的食物，他过去出差到南方似乎听说过。”

“其实，只在上海、湖州、温州一带有这种叫法。”我说，“不过粢米饭都是当作早餐，中午来买有些奇怪呀……”

“是吗？这么说来倒是挺奇怪的。”老板娘继续道，“我看她一筹莫展，就答应替她留心一下。”

“那姑娘也是南方人？”我忽然问道。

“地道的北方人。”老板娘搓搓有些粗糙的手。

“那她怎么会听说粢米饭？”

“可能是去南方旅游看到或吃过吧，回来后一直念念不忘。”老板娘说，“我一个小侄子也是这样，吃过了南方的粽子之后，天天惦念着，要让人从嘉兴带。”

“不对。这样的话，不是能说出大概的样子和配料吗？毕竟是吃过的。”我说，“可你说，那姑娘好像对粢米饭一无所知的样子。”

“也许是她家来了南方客人，她只负责出来买。”老板娘说，显然失去了与我探讨的兴趣，转身从柜台拿来纸笔，“我记性不好，麻烦您将配料、做法写下来。”

“那姑娘今天还会来？”

“是的。”老板娘说，抬头看了看墙上的挂钟，“或许就快来了，所以，还请您……”

“行，我这就写。”我说道，开始在纸上落笔。

4

我和少棠大学的时候就是同学，学的都是设计，毕业后在当地开了一家装潢公司。靠着熟人帮忙介绍生意，我们度过了初期的窘境。事业开始顺风顺水，少棠却执意要将公司搬到北方的大城市去，说那里有更大的市场，不是三线城市能比的。

我在南方待惯了，况且家人都在这里，不愿意离开，与少棠冷战的次数也逐步增多。上一次当着合伙人的面吵架之后，他连个信息都没发给过我，几天后又出差去了北方，要大半个月才回来。

正值隔壁的租户租约到期，我也没有再到房屋中介发出招租启事。我挑了一个空闲的时间，带上清洁用具，和小贞一起对隔壁房间进行了一次全方位大清洁，从白天一直忙到晚上。

“这里以后就是你的家啦。在他们来接你前，你就安心住下吧。”我在沙发上伸了个懒腰，环视周遭，欣赏着一天的“战果”。

小贞好像有心事，机械地用遥控器换着台，“吧嗒吧嗒”，电视机最终停留在《曲苑杂坛》的节目上。

“怎么了，有心事？”我问他。

“姐，其实我可以和你住一起，我一个人住这么大的地方，浪费，还害你少了一笔房租收入。”小贞吮吸着大拇指，每次他感到窘迫或是害羞时，都会这么做。

“安啦安啦，星际友谊嘛！”我说，心里却想：要是住一起，不知道要惹出多少误会呢。

“那让我去姐姐的公司做工吧，我多少能帮上点忙！”小贞白皙的脸上忽然泛起一阵红晕，“这样我心里才能好受些。”

“啥？做工？”我想象着小贞穿上背心、戴上安全钢盔灰头土脸在工地上搬砖的样子，被他星球的人看到，会不会到宇宙法庭指控我滥用星际工呢？

跟着装潢公司出工的小贞总是最卖力的，不辞辛劳地在屋前搅拌水泥，楼上楼下一趟趟运送三夹板，对于工友的驱使，他也总是微笑着接受，没有半句怨言。

一天早晨，我才刚来到施工地，小贞已经在那里测量房屋尺寸了，那本是大伟的任务，而大伟却在一旁休息，玩着手机游戏。

看到我来，大伟赶紧夺过小贞手里的卷尺，对我赔笑道："心怡姐，是小贞自己要帮我做的，我可没逼他。"小贞没有争辩，朝我点点头，脸上挂着恬淡的笑容。

"还没吃早餐吧？"我让小贞过来，把在途中买的粢米饭交给他。

"谢谢姐。"小贞脱掉工作用的白手套，接过粢米饭，在墙边的板凳上坐下。自从那天吃过粢米饭，他似乎爱上了这种食物，视为佳肴，不敢想象信号星的饮食该有多糟糕。

"你们星球的人都像你这么友善？"我对小贞说，用下巴指了指正在装模作样作测量的大伟，"别人欺负你，你还帮他说话？"

"姐，你知道吗？去年的时候，有一个和我年龄相仿的信号星人来到地球，为了生存下去，他像牛马一样在一家杂货铺里干活，忍受着老板的责骂，心中想着的却是复仇。"小贞收起笑容，"在被接回母星的那一天，他伙同另外两个信号星人，趁老板熟睡，将老板活活勒死……"小贞一边说，一边用手在颈部绕着圈，一圈又一圈。

"……"我睁大眼睛，一时呆住。

小贞却"扑哧"一声笑了出来："开玩笑的，心怡姐真好骗！"

"好哇，没想到你小子还有这一面。"我失笑，伸出手作势要打他，他灵活地一闪身，找老李搬救兵去了。

老李是公司的财务，难得来一趟工地，却对小贞赞赏有加。事实上，小贞和任何人都有种自来熟，公司里大家对他并没有太多挤对、排斥，唯有少棠那中专刚毕业的表弟大伟，对这么一个忽然杀出来的程咬金抱有一些成见。

有一次，大伟主动请缨帮大家带早饭，我没有多想，也就应允了，告诉他小贞喜欢吃粢米饭，路过桥头的时候别忘记买。

谁知道，大伟竟在买回来的粢米饭中掺入装修用的瓷片，告诉小贞这才是最地道的粢米饭，小贞当然没有怀疑，嘎嘣嘎嘣吃得津津有味，此后竟然每次都要在饭团中加瓷片，不然吃得就不香。

“别吃啦，瓷片要把你的肠道都刺穿了！”我几次阻止小贞，他表面答应，背地里却总将瓷片夹在粢米饭里，越吃越带劲儿。

大伟半开玩笑对我说：“心怡姐，这小子明显在表现自己，他是要追你。你把隔壁都空出来给他住，也不怕少棠哥不开心？”

“讨打啊？管东管西的！”我骂道，“他要是吃出毛病来，我第一个就饶不了你。”如果大伟知道小贞的身份，一定不会再问这种傻问题。况且，少棠出差的这些日子里，我们只通过一次电话，拌了嘴后就又不再联系，这么多年，我头一次对这段感情产生了不安全感。

老实说，这段时间我精神状态并不好，白天强颜欢笑，一个人的时候却时常走神，恍恍惚惚的。

好在还有小贞，无论晚上在酒吧放纵还是休息日去游乐场减压，他都守在我身边。他看着我边喝酒边哭成泪人，我则嘲笑他在云霄飞车上将嗓子喊成公鸭嗓。

在游乐场看完魔术表演的那天下午，我俩走在回家的路上，小贞吃着手里的棉花糖，忽然停下脚步，一脸兴奋。

“怎么了？”我笑着问他。

“心怡姐，你说，如果我能成为一名魔术师，是不是就可以养活自己，不白吃白住你的了？大伟也不会再因为我而困扰和你吵嘴了？”

“大伟并没有困扰，你不要在意，他只是个调皮的孩子。”我说。

“可是……”小贞欲言又止。

“可是什么？”

“少棠哥总要回来的，看到我俩……我并不想自己的出现影响任何人的生活。”小贞说，在这方面他总是显得很固执。

经过音像店的时候，小贞走了进去，买了几盘魔术表演的光碟。当天晚上，他坐在沙发上，对着电视屏幕研究了一夜。第二天早上我给小贞送早餐，他还是保持着那个姿势。

“心怡姐，我想到主意了。”尽管没有睡觉，小贞还是一副神采奕奕的样子。

“什么主意？”我将热牛奶和粢米饭放在桌上。

“就是昨天和你说的，我想当个魔术师。”

“魔术师那种手法都经过了数十年的练习，光看几张光碟就能当，哪有这么好的事情？”

“姐，你别忘了我是信号星人呀，我已经想到加入魔术团的方法了！”他说着，下意识地往沙发深处摸去，拿出一小块瓷片，要夹到粢米饭饭团里，发现我瞪着眼望着他，赶紧给扔了。

下午，我陪小贞到昨天去过的那个游乐场应聘。

“去去去，我们不招人。”魔术馆的负责人挺着肥腻的肚子坐在办公室里吹着空调，汗水仍顺着他的额头往下淌。

“至少先看过小贞的表演吧。”我气呼呼地说道。

“我愿意见你们已经很客气了，我可是本市著名的月光马戏团的boss。”负责人用手指着门口，“再不走我叫保安了。”

整个过程，小贞都很安静。他慢慢拿起负责人桌面上的插线板，拔下上面的插头，空调呼地吐出最后一口气，停止了工作。

“浑小子，你干吗！”负责人破口大骂。

只见小贞朝他竖起一根中指，定睛一看，中指上其实缠着一根细细的铁丝。然后，小贞一声不吭，将铁丝插入插线板的电孔中。

只听“嗖”的一声，负责人面前的小贞倏然消失不见。几秒钟后，他又出现在窗外六十多米高跳楼机的顶端，喊着我的名字，朝我招着手。

原本站在我面前的魔术负责人也不见了，我视线下移，发现他惊奇地瘫坐在地上，面无血色地颤抖着。

“你确定你们不招人？”我问。

小贞的名声渐渐传开了，他的魔术或者说是“幻术”，吸引到明星甚至是政府要员前来观看。

月光马戏团的负责人视他为顶梁柱，给他在全市最贵的地段安排了住房。之后，小贞又很快拥有了一套个人的魔术班底和一个位于市中心的魔术舞台。

“魔术始终是魔术，是掩人耳目的把戏，他一定是运用了双生儿的老套诡计来实现瞬间移动，至于具体手法，我总有一天会揭穿他。”一位业界专家在看过小贞的魔术后自信满满地在电视采访里说道，我和小贞则在电视前被他那严肃的样子逗得捧腹大笑。

表演任务虽然繁忙，小贞却总能抽出时间陪我谈心。

那天下班后，我们骑着单车来到郊外，两个人坐在草地上，看着火红的朝霞如天鹅绒一般铺满天空。

“小贞，帮我找把铲子，真想敲死少棠那家伙，也就不烦心了。”我平躺在草坪上，咬着嘴唇赌气说。少棠出差回来，态度好了不少，不过在去北方发展这点上，他不肯让步。

“虽然很支持心怡姐的做法，但我们信号星人热爱和平，铲子我就算有也不会提供。”小贞一副为难的样子，“不过你可以试着去农用商品店买，出这条路右拐就有一家，去得早应该还开着。”

“贫嘴！”我笑道，起身将他鸟窝般的头发弄得更乱。

“说真的，心怡姐可以算是我最亲近的人。”小贞说，然后不好意思地笑了。

“鬼信你，你说这话可要让信号星的伙伴伤心的。”我说。

“我没有骗姐姐哦。”小贞苦笑，“我从来没和别人说过这么多话。”

“在信号星，别说朋友，即使是亲人，关系也不密切的。”小贞的笑容变得越来越勉强。

“为什么呢？”我疑惑道。

“因为那种特殊能力呀。”小贞说，“啊，忘了告诉心怡姐了，除了通过电线等媒介进行传送外，我们信号星人还有第二种能力。”

“第二种能力？”

“嗯！”小贞转过头来，用深蓝色的眸子看着我，“我们的视线能够穿越时间，直接看到除自己任何人生命尽头的情景。”

“这么说，你能看到我是怎么死的？”我脊背霎时凉飕飕的，却又有些莫名的兴奋。

“快给姐姐详细说说，来来。”我兴趣盎然，说道，不自觉地抓住了他的手臂。

“对不起，不可以的，连暗示都不可以。”小贞垂下头，“如果因为我让对方改变了命运，我会受到惩罚，失去信号星人所有的特有能力，肉身也会消亡于信号星空气中强大的电离物质里。”

“我明白了，这就是你们星球人情冷漠的原因。”我恍然大悟，“情感深了，就会忍不住说出生命尽头的景象，替那人避去灾祸……”

“是的。信号星人彼此情义寡薄，其实只是为了能够活下去。”小贞说，情绪显得很低落。

“好啦，我刚刚是逗你的。”我拍拍他的肩膀，然后重新躺下，将双臂枕在脑后，“每个人终归要面对死亡，改变命运，也只是将期限延长罢了。结果有时候并不重要，重要的是享受过程，不是吗？”

“是啊，如果痛苦，活得再长又有什么意思呢？”小贞说，“所以心怡姐你要振作起来，开心一点，干吗折磨自己？”

“好啊，在这儿挖坑等着我！”我蹙起眉头，佯装生气。

“哪一天我回信号星了，心怡姐会伤心吗？”小贞忽然问道，吞吞吐吐的不太好意思。

“不会。”我回答，天空染成了藏青色，四周变得更加静谧，“因为我可以躺着，用一整天时间回忆与你在一起的点点滴滴。”

与少棠关系缓和，我和小贞相处的时间变得稀少。小贞对此也是心知肚明，干脆全身心扑在魔术表演上，以免打扰我们的二人世界。

那天傍晚，我与少棠在逛街，饭后接到小贞的来电。

“心怡姐，我有重大消息要告诉你，快来炉斧酒吧，我请客！”电话里的他显得兴致满满，话音都比平时提高了三分。我当然不愿扫了他的兴，与少棠一同前往指定地点。

我和少棠大约六点来到炉斧酒吧，一眼就看到了小贞。卡座里的小贞喝着酒，随着音乐扭动着自己的身躯，我还是第一次看到他这么开心。

“心怡姐，你们来了！”小贞笑着和我打招呼，视线移到少棠身上时，他整个人忽然僵住，脸上的表情也变得不自然。

“怎么了这是？”我笑着问小贞，“不是有重大消息要告诉我吗？”我与少棠就座，少棠的笑容也有些尴尬。

“是啊……”小贞生硬地笑道。

“那我先说了，我也有个重大新闻！”我挽住少棠的胳膊，“我已经决定和你哥把公司搬到北方去了，你要不要拓展事业，一起一路向北？”

“他们明天要来接我。”小贞的情绪直线下滑，淡淡地说，“心怡姐，我得回信号星了。”

“……这是好事啊。”我的笑容很茫然，连我自己都觉得很假，“什么时候走？我和你哥给你送行。”

“明晚接我的同胞会来看魔术表演，算是一个测验，看我是否在地球上丧失了信号星人的能力。”小贞将两张门票推到我们跟前，还是有些闷闷不乐。直到酒水下肚，几个玩笑过后，我们终于又打成一片。本来我和少棠还要回公司处理些事情，但是小贞兴致很高，我们不愿意扫了他的兴致，也就陪着一直没走。

“心怡姐，一定要来看我演出，那可是最后一面了。”小贞哭得很伤心，一杯杯灌自己，凌晨三点还不肯离开，最后喝得不省人事被少棠背回了公寓。

“我也不知道小贞这是怎么了，他从来不喝酒的。”我打开公寓门说道。

“不碍事的。”少棠将小贞安置在床上。

“对不起，本来晚上还要回公司对账的……”

“没事，我回去就行了，你多陪陪小贞。”少棠抚摸着我的后背，一个人先离开了。

我坐在床边椅子上，静静地看着小贞，在天亮前还是睡了过去。一觉醒来，小贞竟比我率先起来，我找遍了房间，也不见他踪影，打他的手机也是关机。手伸入口袋，触碰到两张魔术表演的入场券。

“心怡姐，一定要来看我演出，那可是最后一面了。”

我想起小贞的话语，胸口闷闷的。

离别的时刻终于到来了。

那天傍晚，魔术舞台上霓虹闪烁，光亮耀眼。台下也早已聚集了大批观众，宛如一场盛大的聚会。

然而，舞台后方休息室内的主角迟迟没有就位。

“会去哪儿了呢？”负责人急得直擦汗，肥大的身躯来回疾走，比往日灵活了十倍。

“还联系不上小贞？”我在台下边打手机边焦急地看着表，表演马上就要开始了，而小贞一清早就不知去向，手机也打不通。

“音信全无！”负责人在电话里说，“今天有不少大人物要来看表演，可不能玩砸了！”

“那舞台、道具、布景呢？”我问。

“那倒是他前几天就准备好了的。现在是万事俱备，只欠东风了，他到底到哪里去了？”负责人都要哭出来了。

少棠面色凝重，对我说：“你说他会不会舍不得离开你，故意错过这次机会好长久留在地球上？”

“不可能，地球的空气会要他的命。”我嘴上这么说，其实心里担心的也正是这个。

小贞，你可千万不要犯傻啊！我双手合十祈祷道。

忖度间，人群中忽然传出阵阵欢呼，我下意识抬头，一个身着条纹礼服的人空降在舞台中央，不是小贞是谁？小贞显然已恢复了状态，气色精神绝佳，与昨晚颓废的他判若两人。

“浑小子，差点被他吓死！”负责人松了一口气。我和少棠悬着的心也放了下来，鼓着掌开始欣赏小贞的表演。

一台巨大的液晶屏随着小贞的出现，从舞台下方缓缓升起，足有两米多高，屏幕里正在播放本地的新闻联播，主持人手持稿件，中规中矩、声音洪亮地播报着新闻。

小贞请助手拿来铁棍般的螺丝刀，几个人合力将液晶屏左侧椰子大小的螺丝拧下，内部的主板和电源板很快裸露在观众面前。小贞狡黠地一笑，开口数着“一、二、三”，当“三”字脱口而出时，整个手掌忽然往电源板上拍去。

电光闪动，刺得观众睁不开眼睛。强光散去后，原本在舞台中央的小贞不知去向。

小贞的身影出现在液晶屏里。他扭动腰身，嬉笑着在主持人身边跳起变相怪杰的奇异舞蹈。屏幕里的主持人则一脸严肃地继续播报新闻，全然不知已被人戏耍。

观众席上的掌声如潮水般响起，将表演推向高潮，更有甚者起立欢呼、赞叹着，他们并不知道这是小贞的告别演出。

“心怡姐，再见了。”

不知是不是错觉，我仿佛听到屏幕里小贞正看着我说道，他的眼睛里闪着泪光。

“再见，小贞。”我也在心里默念道。

表演结束后，我和少棠到后台找小贞，将整个马戏团翻了个遍，都没再看见他。

我低着头，心里空空的，怅然若失。

“这不是结束，小贞只是回到他应该在的地方开始新生活了。”少棠将我拥入怀中，在我耳边说道，“我们也应该开始新生活了。”

“回到信号星，要好好的呀。”我望着天空，自言自语道，心中五味杂陈。

那天之后，再也没有人见过小贞，他就像一颗飞速划过的流星，只存在于我的记忆中。

5

“好了，你看看。”

我将写着粢米饭用料的纸交给老板娘，这时候昨天的那位姑娘也来了，她有着一双大眼睛，梳着马尾，年纪很轻，可能最多大学毕业。姑娘和老板娘两个人肩挨肩凑在一起细看纸条，姑娘满脸喜悦。

“哦，和糯米饭也差不多，里面再搁点糖、放根油条。”老板娘说，“这个我现在就能给你做。”

“那就麻烦老板娘了。”姑娘感激地说，随后转过头来对我道，“也谢谢您了，我几乎把这条街的饭店跑遍了。”

“不客气的。”我说，拿上拎包打算离开。

“其实，这些网上肯定能查到的。”我还是忍不住，说道，“你为什么一开始不上网查询？”

“我试过的，没有查到。”姑娘一脸无辜，“查出来的尽是‘陶瓷米饭碗’之类的关键词。”

“这点我做证，我让我家孩子也帮我在网上查过。”老板娘说，边说边回到厨房里准备用料。

“会不会打错字了？粢米饭的‘粢’有点生僻的。”我在空中比画着。

“字是他写给我的，应该不会有错呀。”姑娘从口袋里掏出一张皱巴巴的纸条，递过来给我看。

纸条正中央的三个字写得歪歪扭扭，却如一把利剑刺穿了我的胸膛。

瓷米饭。

“瓷片”的“瓷”。

我愣在那里，那姑娘见我脸色大变，上前关切地询问。我一把攥住她的手，尽可能让自己冷静下来：“要你买粢米饭的人，是不是一个年轻的小伙子，笑起来的时候，左边嘴角下还有个酒窝？”

“你……你怎么知道？”姑娘被我吓得不轻，“这个月都是我在护理他……”

我脑中“嗡”的一声，险些站立不稳。

小贞没有回去，没有回到信号星。也就是说，他没能通过同胞的验证。理由或许只有一个……

我想起酒吧里，性情忽然大变的小贞，那是他与少棠的第一次见面。我明白了，那时候，他看到了少棠生命尽头的情景……或许遭遇抢劫，或许是车祸，总之灾祸即将发生在离开酒吧回家的路上，所以不沾酒水的小贞会喝得烂醉，迟迟不离开酒吧，他的这一拖延行为替少棠避去了灾祸，扭转了少棠的命运。

小贞自己，却因此丧失了信号星人的能力。

那天傍晚，他并没有利用特殊能力穿越到液晶屏上，那只是他事先准备好的录像，白天的玩失踪，实际上是找新闻主播，与他一起商量录像去了。舞台上的人间蒸发，也不过是道具效果，借助刺眼的电光，小贞一定是落到舞台下方的暗室中了。

那是一场真正的魔术表演，被蒙在鼓里的，只有我和少棠。

在姑娘的带领下，我来到一间干净整洁的房间。

瘦削的小贞躺在床上，身上盖着洁白的被子。听到开门声，小贞睁开眼睛，他一定以为是看护带着粢米饭回来了，看到的，却是噙满泪水的我。

“心怡姐……”小贞嚅动嘴唇费力地吐出几个字。地球的空气已经将他摧残得骨瘦如柴，凹陷的眼眶中没有一丝神采。

“我都知道了。”我强忍住泪水，“我都知道了……”

“心怡姐，对不起。”小贞说。

“你做什么我都不怪你，可是……可是你为什么要变一场魔术，干吗偏偏要瞒住我和你哥？”我轻轻握住他的手。

“你说过，过程很重要。可是有时候，美好的结果，却能将过程映衬得更加炫目和迷人，值得回忆，途中的荆棘、倒刺，也将在回忆里化作最美的钻石与水晶。”小贞说，望着天花板的他眼中闪着希望的光芒，好似看到了满天星河。

阳光洒满了小贞的脸庞，他的嘴角又露出了招牌式的酒窝：“你要相信，我已经平平安安地回到信号星了呀。这样，当你忆起我的时候，便只剩下美好。”

我将脸颊贴在他干瘪瘦弱却温暖依旧的手背上，终于再也无法忍住泪水，失声哭泣起来。

郭力的清醒梦

忘记一个手机号码需要多久？

一个你曾经爱过的人的手机号，原本烂熟于心的。

1

忘记一个手机号码需要多久?

一个你曾经爱过的人的手机号，原本烂熟于心的。

郭力只用了不到半年。

1370679……

1370769……

指尖失去准心，在手机键盘上摇摆不定。郭力鼻翼沁出细密的汗珠，脑子里像被升腾的雾气笼罩，朦胧又模糊。原本呼之欲出、再熟悉不过的数字排列，像卡在喉咙里的断骨，只能呛出些零零碎碎。

即使拨过去，她也不会接的……

郭力心想，像有只无形的手重重捏了他的心脏一下。郭力放下手机，目光慢慢移向窗外。

天色已经暗下来，漆黑的天空中看不到繁星点缀，黑压压的叫人郁闷压抑。

郭力刚才拨的，是前女友叶瑾的手机号码。

到现在，郭力仍记得第一次拨打时的情景：怀里如同揣着只被踹了屁股的小马驹，掌心湿透全是汗水。郭力觉得自己仿佛成了一个考古的老学究，目光反复地检查着号码，生怕有半点谬误，接着，拍拍胸脯壮胆，拨出。

爱意伴随着信号波，将彼此勾连。同一个班却鲜有交集的两个人，就这样走到了一起。

从高中升大学，再到开始工作，这个手机号郭力一打就是八年。高中毕业，两人开始四年的异地生活，而后又各自留在大学所在地工作，手机成了维系两人之间感情的最好纽带。

郭力没有将叶瑾的手机号码存入通讯录，每次拨打，他都会重新输入一遍，好像在用心触摸每一个数字，要把它们永永远远地刻入脑海里。

八年，数千次拨打，郭力以为自己再也不可能忘却那11位数字。分手还不足半年，脑子里的数字已变得斑驳，像久经风霜脱落的油漆，难以辨认。

有时候，郭力觉得年份对于爱情真的没有太多参考价值。比如去年元旦，他不惜错过年终汇报会议，偷偷订了机票从武汉飞到上海，只为给叶瑾一个惊喜。

然后，他看到了那一幕——在叶瑾经常光顾的西餐店里，叶瑾和男同事面对面有说有笑地坐着，男同事用手指暧昧地触碰叶瑾刚做完不久的美甲，脸上带着不怀好意的谄笑。

这无疑是一种对好感度的初步试探，倘若叶瑾不反感、不拒绝，男同事便有可能得寸进尺，做出更暧昧的动作。而事实上，叶瑾的确没有加以制止。

郭力简直要爆炸了，他毫不犹豫地走上前去，将右拳重重地轰在男同事的鼻梁骨上，然后不顾一旁惊慌失措的叶瑾，转身就离开。

“叶瑾，你还爱我吗？”

回到武汉后，郭力最后一次拨通叶瑾的电话。

“你能陪在我身边吗？”叶瑾那边沉默了许久，反问道。

轮到郭力一时无言。他叹了口气，才再开口。

“我需要点时间。你知道，工作刚稳定下来，我不可能马上要求换岗……”郭力变得支支吾吾。

“你就告诉我，我还需要等你多长时间？”叶瑾说。

“要过来上海的话……起码还要三年。”郭力说。

“如果我不能等了呢？”叶瑾说，语气很低落，“大学毕业，我只想早点安个家、有个着落，你觉得这样有错吗？”

郭力愣住了，再度陷入沉默。

是啊，叶瑾有错吗？她曾不止一次请求郭力到上海、来自己身边，无论从事什么职业，无论薪资高低，只要两个人在一起就好，两个人在一起就能给她希望。但是郭力不能满足她。

郭力遇上叶瑾那年，叶瑾才刚满十六岁。一个女孩将人生中最美好、最青春的八年奉献给了自己，郭力还能有什么怨言呢？

“那就结束吧。”郭力说。

没等叶瑾回答，郭力狠狠心挂了电话，接着，删光了叶瑾所有的联络方式。

度过传说中的七年之痒，却止步于之后的头一年，真是莫大的讽刺。

郭力摸出香烟，点燃，用力抽了一大口，故意让自己呛出泪花。

半年前的事情，恍如隔世。

空中有航班经过，机身上的探照灯划破漆黑的夜，在郭力视野里留下一条淡红色的印迹，不久又消融不见。

郭力想，或许连七年之痒也不过是主观赋予的，它并不代表任何事情。人们总喜欢赋予无序的生活一些主观含义，让它尽可能充满戏剧色彩，且看上去会善始善终，于是，偶遇变成了必然，巧合也被书写成了缘分。

七年也好，八年也罢，只是一串数字。若是两个人不在一起，再长的岁月也是枉然。

郭力把香烟掐灭在烟灰缸里，拿起桌面上一只药瓶。瓶身是纯白色的，印着“阿普唑仑片”几个字，也就是俗称的“安定”“安眠药”。

郭力将安眠药片排在手心里，用清水服下，轻轻地躺倒在床上。

所幸，他还有清醒梦，一种神奇到有些梦幻的天赋。

郭力笑笑，闭起眼睛。不到二十分钟，他觉得身体轻飘飘的，仿佛在空中打着转。脑子里起先是混沌一片，后来像是近视患者忽然戴上眼镜，视野变得清晰起来。

睁开双眼，卧室里的摆设、家具全然变了样，连房屋结构也不是睡下时的构造。

郭力知道，清醒梦的世界被打开了。现在他身处的，是自己梦中的卧室。

所谓的清醒梦，即在睡梦中保持清醒状态，思维、想法主动参与到梦境中来，梦中的所知、所感，就像现实生活中经历的那样感同身受。

郭力赤脚站在地板上，沁凉的感觉从他脚底钻入，很是舒服。他张开双手，深深吸了一口气，墙角的绿叶盆栽忽然就茂盛、饱满了。

暂时忘却真实生活中的艰难与身不由己，在睡梦的世界里，郭力就是万能的主，构筑梦境的工程师。

2

郭力人如其名，是个粗犷有力量的人。

这突出表现在打呼噜上，他可能是极个别呼噜响到能把自己都吓醒的人。他也苦恼过，虽说当时与叶瑾身处异地，但总有结婚睡到一起的时候，不能让叶瑾耳朵里塞上软木塞睡觉吧？

“说真的，前几天晚上你怎么受得了我的呼噜声？”一次暑假去外地旅游，在旅馆里郭力问叶瑾。

“有两个方法，第一，把你的呼噜声当羊数，一声就是一只羊。”叶瑾打着哈欠往上半身拉了拉被子，疲惫地说，“一只……两只……三只……就这么数。”

“然后呢？”郭力问。

“我数到两千五百六十只，然后天就亮了。”叶瑾说，黑眼圈好像看上去更深了。

“看来不是一个好主意……”郭力说，“那第二个方法呢？”叶瑾那边却没了声音，郭力微微偏过头看了下，发现叶瑾已经沉沉睡去。

“比我先睡着，应该是个好方法。”郭力说，帮叶瑾盖好露出的肩膀。

大学四年，郭力几次三番上医院就诊，症状都无明显好转。他也试过不少民间偏方，甚至强效安眠药，但从憔悴的同寝室友一如既往想打死他的神情里，他了解到自己并没有丝毫好转。

而当时的他肯定不会想到，自己的呼噜声竟会成为打开奇妙之门的钥匙。

第一次做清醒梦是和叶瑾分手后。

郭力请了一周的假，颓废地蜷缩在硬板床上，茶饭不思，任凭络腮胡在两颊疯长。连续失眠多日，郭力却一点困意也没有，服了两粒安眠药，他才昏昏睡去。

梦幻世界由此拉开序幕。

郭力梦到自己来到一间空荡荡的屋子里，天花板上好似嵌着一台陈旧的发动机，发出巨大刺耳的轰鸣声。

郭力马上意识到一件事情。

那并不是发动机发出的声响，而是——自己的呼噜声。因为没有发动机能伴随着磨牙声，还会吧唧嘴。

的确是我的呼噜声……这些年真是难为我的室友了……

郭力难为情地忖道，在梦里搓了搓鼻子，然后他忽然想到了什么。

等等，有呼噜声……说明我已经睡着了，那现在是怎么回事？难道说现在是梦里，我在做梦！

通常，梦境中的人们不会感知自己在做梦，虽然可能剑走偏锋想出些新奇点子，但思维和逻辑总体处于模糊、混乱状态。郭力的头脑却异常清晰，他顺畅地将元素周期表背了一遍，甚至能回忆起请假前boss在会议上吃的薯片品牌。

我居然知道这是场梦啊。

郭力觉得十分新奇，他环顾周遭，探索起梦境。

梦中的世界像隔了一层烟幕，灰蒙蒙的。郭力拨开雾气，踌跚前行，睡梦中的他身处一间屋子里，屋子空旷寂然，没有一个人，好像那种刚造好的毛坯房。

冷冷清清，哪里有房间的样子，还怎么住人啊？郭力心想。一念至此，黄花梨桌、紫檀凳、高档西餐具霎时出现，连地面也铺上了红木地板。

郭力抬头仰视，起先光秃秃的天花板下缀满了精致的小灯，每只都配以半透明灯罩，仿佛飘浮在半空中的水母。

再低头，餐碟里已堆满了他平时最爱吃的奶油华夫饼，他拿起一块轻咬一口，牙齿与华夫饼接触时的松脆质感足以乱真，甜味在味蕾上舒缓绽放。

“这味道，和现实中吃的简直一模一样！”郭力自言自语，欣喜道。他一连吃了十多块华夫饼，刚拿起一块，餐碟里就自动补充、生成一块。

郭力拍拍肚子，这么多华夫饼下肚，口中残余着香甜的滋味，肚子却没有一点饱胀的感觉。

叶瑾要是来了这里，还不得乐翻天，她以前老担心自己吃多变胖，现在可以高枕无忧了。想起叶瑾，郭力又有些难过，变出红酒，拔掉软木塞闷头喝了一口。过去他不胜酒力，喝上一两口就会脸红头晕，如今一口气喝了小半瓶，毫无影响。郭力不太喜欢喝酒，又啜了一小口，咂咂嘴，随手将酒瓶往窗外一扔。

郭力继续“装扮”自己的房间。走到窗前时，窗外能很明显地看到一座高大的建筑，很像上海的东方明珠。

郭力打开窗，一阵清风伴着桂花香袭来。他探出头，对面是滚滚江水，江面上有着往来的船只。视线下移，他发现梦里的屋子处于几十层的高楼，楼下行驶的汽车小得好像瓜子，行人简直如蚂蚁。不过，人行道上围了一些人，郭力拿出望远镜俯视，有人似乎被硬物砸到摔在地上，那人旁边是红酒瓶的碎碴和溢出的酒水。

抱歉！郭力双手合十，吐吐舌头，强行令自己忘记这一切。

前面都是一些正常的行为，既然是在梦里，是不是可以尝试许多真实世界办不到的事情，比如飞行？郭力突发奇想道。

他小心翼翼地坐上窗台，两脚悬在窗户外，迎着疾风看着对面滚滚江水，头皮忽然间就麻了。

在梦里胆子还是这么小，郭力想，即使没控制好摔下去也不会怎样吧？他握了握双拳下定决心，然后将双掌搁在窗台外部边缘，接着双手一撑，整个人就从窗边跌了下去。

郭力在空中急速下落，失重的感觉就像在游乐园里坐垂直过山车，眼前的所有事物都已虚化，眼泪不知不觉就飙了出来，他不自觉地闭上双眼，感觉稍微好了一点。郭力张开双臂，实实在在感受到腾空后气流在胳肢窝下急速穿流。凉飕飕的风，刮得他面皮生痛。

在即将落地前，郭力一蹬双腿，腰部宛如被某种力量向上托了一把，他只觉自己的身体越来越轻，如树叶，如蝉翼，没有一丁点儿重量，惬意极了。

郭力睁开眼睛，发现自己在空中飘着，高楼大厦近在咫尺，表面的玻璃里映出了自己的身影，楼里一个正在打电话的男人面对着他张大了嘴，手机从手掌里渐渐滑落，摔在地上。

前所未有的体验。郭力心中暗暗赞叹道，绕着大厦盘旋了几周，内心忽然一阵荡漾，一个主意从脑袋里冒了出来，心中像有数只小鹿乱撞。

这样好吗？郭力思想斗争了片刻，意志力马上败下阵来：只是在梦里，没事的。

郭力从空中慢慢飘回窗里，轻轻落在沙发上，桌面上已经为他备好了橙汁。

这时候，要是有个妹子帮忙捏捏肩，那就完美了，郭力想，马上响起了敲门声。

郭力去开门，脸颊如同醉酒般，忽地就红了。

门口站着个扎着双马尾的女生，身着日本动漫游戏中那种女仆装，正扑闪着眼睛对着他笑，手上还做出一个可爱的招财猫动作。

郭力咽了咽口水，目光不自觉地下移，看着她那玲珑的身段，呼吸都要停滞了。

“主人！”双马尾女生朝郭力抛了个媚眼。

“不行！”郭力大叫一声，关上房门，把女孩拒之门外。郭力双手撑着门喘着粗气，一颗心提到了嗓子眼，“我还没有做好心理准备！”

他打开红酒瓶软木塞，一口气灌下，十分钟之后，表示已经就绪。

“想不到，在梦里可以做这种有意思的事情……”郭力兴奋道，“这么说，不论是谁都能召出来……”

这是一个很对郭力胃口的能力，他酷爱历史，又是冷兵器战争的发烧友，早想和韩信、李靖、徐达等古代战神开个party，听听音乐交流一下。于是反复思考、抉择之后，他打开房门，将穿着学生装的日本宅男女神新垣结衣迎了进来，两人一边吃着华夫饼一边含情脉脉对视，画面美到叫人忌妒。

还是比较喜欢清纯的新垣结衣，之前那个对我而言，口味有点重了……

郭力悠闲忖道，从新垣结衣手中接过美食。

郭力刚吃完，新垣结衣又从桌上拿起一块华夫饼，小心地用手捧着，一脸娇羞顺从的样子。

“谢谢你，结衣。”郭力陶醉地说，拿起杯子喝了口水。

新垣结衣的笑容很明亮，好似一缕阳光，她说道：“哎吗大哥，我喂你，再吃点呗。”

郭力一口水喷出。

“大哥你咋了？”新垣结衣连忙关心地问道。

“没事没事，以后会习惯的。”郭力用新垣结衣带来的手帕擦擦嘴。

虽然是东北口音的新垣结衣，但还是很棒啊！

听着新垣结衣的声音，郭力恢复了常态，整个人都要酥了。

这便是郭力的首次清醒梦经历。有趣的是，梦里的经历醒来后他依然记得，不像过去做普通梦那样轻易忘记。

此后，郭力的睡眠质量并没有好转，他像之前那样靠药物来进入睡眠。每次服下安眠药后，呼噜声总提醒着自己：那不是现实生活，你又跌入清醒梦的世界里了。

白天工作，在电脑前敲击键盘，连个喝水的空隙都难以觅得。晚上拖着疲惫的身躯回到空荡荡的家里，郭力脑子里想念的，是清醒梦里那个多姿多彩的家。

不知不觉中，郭力期待起睡觉，尤其是压力大，愤懑无处发泄时。安眠药落进手掌，他的心里不知道为何，竟有种说不出的舒适、放松。

服下安眠药，清醒梦世界就在眼前。

现实中有太多的不如意，在梦中，他却是应有尽有的国王。

所以，当郭力发现自己再也不能记清叶瑾的手机号码，心情跌落到谷底的那天，他在清晨便吞下比平时多一倍剂量的安眠药，慵懒地趴到床上。

那本是周一，公司开例会的日子。

去他的上班，去他的烦恼。郭力戴上眼罩。

清醒梦世界开启。

还是那间挂满水母灯的屋子，屋内家具摆设、装饰随着郭力的频繁到来、整饬显得越发雅致宜人。

郭力走到门前，在心里默念三遍新垣结衣的名字，开门。在清醒梦的世界里，默念任何人的名字三遍，再打开门，那人便会出现在门外，郭力对此已是轻车熟路。

不过，郭力终究是个老实人，半年里虽然邀请过数十位喜爱的女神到屋里做客，但都是规规矩矩地聊天、拉家常，手都没有牵过。

抱一下，应该也没什么关系吧？

郭力想，朝门外张开双臂。

“结衣，今天我有点难受，可以拥抱我一下吗？”郭力说，门外却一时没有回应。

“结衣……嗯？”

郭力举高的双臂忽然僵硬了。即使在梦里，他也清楚地感觉到额头上冒出了冷汗。

清秀的脸，脸颊上挂着邻家女孩般的笑容，蓬松的长发散落在两肩上，上身穿着洁白的碎花衬衫。

门口站着的哪是新垣结衣？

赫然是已经分手、半年未见的前女友——叶瑾。

3

“叶瑾……”郭力说。看到叶瑾，不知怎么的，他鼻子一酸，眼泪差点不争气地掉下来。

“好久不见。”叶瑾倒没有拘束，微微一笑。

“是啊，算是很久了。”郭力眼眶泛红，“很久了……”

叶瑾说：“对了，你刚才说什么，抱？”

“没什么……”郭力赶紧说道。

“是不是，在等别的什么人？”叶瑾说，“我来得不是时候？”

“才没有呢。”郭力说，却又没有了下文。叶瑾的出现，对他而言始料未及。

“不请我进去坐坐？”叶瑾手背到身后，俏皮地弯腰往郭力身后看，身上的兰花芳香更浓了。

郭力愣了愣，侧过身子，示意叶瑾进屋。

叶瑾微笑着迈动步子，轻盈地走进郭力梦中的屋子。看着叶瑾的背影，郭力心中很复杂。她只是我幻想出来的，并不是真的。郭力使劲提醒自己，为的是不让眼泪流出来。

“没想到，你把屋子布置成当初咱们设想的那样。”叶瑾打量着屋内，说道。

“咱们设想的那样？”郭力不解。

“难道不是吗？”叶瑾转过身，笑着说，“屋内所有东西都那么熟悉。”

郭力一惊，大量记忆瞬间复苏。

大学毕业，郭力曾有过去上海和叶瑾一起工作的想法，往那边投了简历，甚至还和叶瑾去看过房。于是学装修设计的叶瑾亲自为两人以后的爱巢规划起设计图。后来，武汉一家颇有名声的外企聘用了郭力，这一计划也只好搁浅。

梦境中的房间，几乎是叶瑾当时设计图的翻版。可是，郭力在装饰时并没有意识到。或许，那幅设计图这些年来也一直紧锁在郭力潜意识深处吧。

叶瑾在沙发上坐下，郭力静静地站立着看着地面，没有说话。

“这半年，过得还好吗？”见郭力默不作声，叶瑾问道。

怎么不好，每天在梦里和新垣结衣谈恋爱呢。郭力本想这么说，忍住了，转移话题道：“喝点咖啡吧。”

一杯冒着热气的香草拿铁立刻出现在桌子上，叶瑾过去常点的咖啡。

“梦境真是神奇的东西，不是吗？”叶瑾说。

“原来你知道这是梦。”郭力显得很拘谨。

“我还知道这是你吃安眠药才能营建的清醒梦。”

叶瑾笑笑，端起咖啡杯。郭力注意到她手腕上绑着的那根红绳，穿起一片薄薄的、长命锁状的铜牌。

那是郭力的出生纪念牌，上面刻着他出生的具体时间：1990年3月1日0点48分，以及重量：5.3斤。很难想象魁梧的郭力出生时这么小。

“抱歉，分手后没见过面也就没有机会把它还你。”叶瑾留意到郭力的眼神，解下红绳后却又自嘲一笑，“差点忘了这是在梦里，还你也是没多大意义的。”

“送你的时候，我们才高一吧。”郭力若有所思，轻声说道。

“高一圣诞节。”叶瑾补充道。

“嗯，咱们认识的第一个圣诞节。”郭力眨眨眼睛。

“你带我到商场里挑礼物，我却只想要你的出生纪念牌。”叶瑾轻抚着手腕上的铜牌。

“你说，把它戴在手腕上，就像我随时都在你身边。”郭力的心里涌入一股暖流。

虽是同班，郭力起初对坐在第一排一心学习、中规中矩的叶瑾并没太多印象。在那个不羁、叛逆的年龄，郭力喜欢晚自修时偷偷溜出校，骑上自行车到三四公里外未施工完的绿化带，点上一根烟，面对赵河水装正经思考人生。

而有一天，他竟在河岸边发现了叶瑾，课堂上文静的她正朝着河面笨拙地扔水漂，一下，两下。月光下，叶瑾的皮肤如细瓷般细腻。

原来她这么好看……

两人视线交汇，郭力的目光倏然变得无处安放起来。

这以后，了无人烟的绿化带成了两个人课余最秘密的小天地。

而接到郭力的表白电话后，叶瑾仿佛成为世上最幸福的人，将手机贴着脸焐得温热，舍不得放下，哪里还有一点女神的高冷范儿？

你喜欢的人也喜欢你，固然不易。你喜欢的人愿意迈出第一步追求你，才真正应该谢天谢地。

因为一秒钟的迟疑，错过的可能就是一生一世。

“那时候的爱情总是最纯粹的，不必考虑现实因素，甚至不必在意未来在哪里，需要的，只是不顾一切地去爱。”叶瑾用调羹触碰着拿铁上方的奶泡，笑得很幸福，“还记得表白成功后，你在课堂上做的那件荒唐事吗？”

郭力怎么可能忘记？

那天上完晚自习，他伙同死党返回教室，将黑板上方烫金校训“明德厚学，爱校荣国”中的“校”字拆下，换上同样材质的“Y”“J”两个字母。

第二天，所有同学连同老师都瞠目结舌地抬着头，像一只只欲引吭高歌的鸵鸟。

黑板上方不再是死板冰冷的校训，而是郭力发自肺腑的爱情宣言。

明德厚学，爱YJ荣校。

YJ——叶瑾名字的缩写。

回忆过往，郭力有些哽咽。

八年恋爱，的确有太多美好的记忆，又怎可能像按住Delete键那样轻易删除呢?

“即便如此，你又为什么要出现呢？”郭力舔舔干燥的嘴唇，苦笑道，“我的梦，本该是一片净土，现在你却来打扰我。”

叶瑾有些惊讶地看着郭力。

“你安的什么心？如果真的留恋我，现实生活中就回到我身边啊，别放弃我啊！你给我带来无限的痛苦，我躲，都躲到梦里来了，你还是不愿意放过我？”郭力越说越激动。

叶瑾眼波流转，没有说话。等郭力冷静下来，她才徐徐说道：“这是你的清醒梦，你如果不想见我，我又怎么会出现呢？”

郭力语塞，干瞪着眼睛。

“是我自己想要见你？”郭力喃喃道。

“你的潜意识。”叶瑾说。

郭力怔住了。他终于明白，从一开始，他的心里就未曾放下过叶瑾。强迫自己删除联系方式又如何，叶瑾在郭力心中早已生根，八年的情感，怎么可能在一朝放下？

为了逃避已分手的现实，郭力才将自己置身于清醒梦中，过了几天奢靡无忧的生活。现在叶瑾闯入梦境，他又该往哪里逃呢？

也许，根本不需要躲。

现实中两人就算相爱，还有太多事情要考虑，需要顾忌。

那么睡梦中呢？

“我明白了。”郭力说。

“明白什么？”叶瑾问道。

忽然间，细沙、粉尘从天花板漏下，发出“嘶嘶”声响，如灵蛇吐芯。紧接着，整个屋子都剧烈摇晃起来，梦境在扭曲坍塌。

“怎么了？”叶瑾问，有沙石落入到咖啡杯里。

“我就快醒了。”郭力说，“清醒梦每次维持的时间并不会太长。”

“我们还会再见面吗？”叶瑾问。

“当然。”郭力笑着说，“就像我们从未分开过。”

4

郭力没有食言。

每晚下班后，郭力匆匆扒拉上几口饭，没有洗脸就迫不及待地服用安眠药躺到床上。

打开梦境里的房门，叶瑾总是微笑着站在门外，像个下班回家的白领，亲切地注视着自己心爱的丈夫。

而头顶大厨帽、围着围裙（虽然用不上）的郭力，早已准备好一桌佳肴，只等着和叶瑾一同享用。

异地的两人曾经最理想化的相依相伴生活，竟以这种方式得以实现。

虽然在梦里，叶瑾的一举一动在郭力看来都与真实无异，包括她腼腆时会用指尖轻点额头的细微动作。凑得近了，郭力甚至能感受到她温暖的鼻息。

渐渐地，郭力沉溺于清醒梦中无法自拔。结束梦境醒来，反倒成了郭力的噩梦。空虚感油然而生，菜肴放到嘴里如同嚼蜡，一点胃口也没有。

有清醒梦就足够了，为什么还要回到孤单的现实世界呢?

望着镜子里眼眶凹陷、面黄肌瘦的自己，郭力毅然将安眠药放入口中，喝一大口水，咕咚咽下。

安眠药的使用频率，也上升到每日两次，有时刚从清醒梦中醒来，为了尽快回到叶瑾身边，郭力不加迟疑又吞下两粒。

也许你的出现并非对我怀有善意，即使我的世界从此天翻地覆，我依然甘愿深陷其中。

因为，这是我自己的选择。

一天，在梦境中用过晚餐，叶瑾像往常那样开始收拾餐具。虽然这些琐事可以用意念瞬间完成，但郭力却没有那么做。

看叶瑾认真的样子，郭力被温馨所包围着。这样的场景，自己不知道曾向往过多少次。

“叶瑾，我们不收拾了。”然而今天，郭力却忽然这么说道。

“怎么了？”叶瑾停下忙碌的手，温柔地回望着郭力。

“我们去看富士山吧。”郭力提议道。

“好啊。”叶瑾兴奋得脸颊微红。

富士山是叶瑾向往已久的地方，从高中起，她就盼着和郭力一起去。不过，由于两人假期总是不合拍，这一计划一直没有实现。

“可是，咱们要怎么去呢？”叶瑾皱皱眉头。

“嗖，飞着去。”郭力用右手在空中划出一条直线，“你别忘了，这梦境可是我的地盘！”说着，他走到窗边，坐到窗台的外沿。

这些天，郭力利用上班时间收集了不少有关富士山旅游的资讯、图片，他努力将各条资讯要点，最主要是富士山的外形、地貌特征记到脑子里。了解得越多，梦里的富士山也便模拟得更加真实。

“来，坐到我旁边来。”郭力向叶瑾伸出手。恐高的叶瑾稍稍迟疑了一下，把手交给郭力。

落日的余晖，将天边染成了金黄色，好似一幅色彩斑斓的油画。

“你说，这些要都是真的，该有多好。”叶瑾与郭力并肩坐在一起，忽然叹道，“只可惜，这只是在梦里。”

“你错了，这就是真的。”郭力说，“你在哪里，哪里才是真实的世界。”他将叶瑾搂在怀中，紧紧握住她的双手。

“要飞了哦。”郭力说。叶瑾点点头，害怕地闭上眼睛。两个人的身影微微前靠，郭力喊口令“一、二、三”，两人重心向前，轻轻一纵。

风声凌厉，在郭力耳边呼呼作响。他看了眼怀里的叶瑾，叶瑾仍闭着眼睛不敢睁开，长长的睫毛上还挂着因兴奋刺激而涌出的泪滴。

你就是真实的叶瑾，我一直知道，我终于没有再错过你。

郭力忖道。

“好了，不怕了。”郭力抚慰般拍拍叶瑾的肩膀。叶瑾睁开双眼，耳边迅疾的风声不知何时消失不见，两个人像被无形的手托着，凝滞在空中，周身遍是橙黄色的云，时不时翻滚着，将他们裹在其中。

“我们……在飞？”叶瑾欣喜道，伸手轻抓一把，云雾像流沙一般从她指尖缓缓流逝。

“是的。”郭力笑道，“我们正在飞向富士山。”

“还要多久？”叶瑾问道。

“应该还需要些时间吧。”郭力说。不知为何，叶瑾脸上浮现出一丝遗憾之色。

“怎么不高兴？”郭力将叶瑾搂得更紧。

叶瑾担忧地说：“清醒梦持续时间有限，以往这个时候你已经快要醒来了，我怕来不及……”

“这次不一样。”郭力缓缓说道，“今天，我们有足够的时间。”

指针指向夜晚十点，现实中的郭力进入梦境足有两个小时了。

郭力依然在沉睡，面颊看不到血色。在他的床边，有一个灰黑色的茶几，上面摆放着的，是一只被掏空的药盒。

入睡前，郭力吞下了一整板安眠药。

一共十二粒。

再多点，也许永远就不会醒来了，虽说，这对自己不一定是坏事。

郭力挽着叶瑾，缓缓穿越云层。晚霞似锦，像在两个人的脸上印上鲜艳的油彩。

“真想永远和你在一起。”叶瑾说。

“再等等，再等等我就来陪你，不再回那个令人失望的世界。”郭力说，心里想：只要再加大一倍的剂量。

“真的吗，是什么时候？”叶瑾期待地望着郭力。

“就快了，不过现在不行。”

郭力知道，还有一件事情等着他去做，他必须在明天中午醒来。

郭力没有看叶瑾，偏侧过头。他的眼帘被泪水打湿，变得有些模糊。

“对不起，我现在还没法来陪你。”郭力在心里忖道。

因为，明天中午我还要去参加葬礼。

现实中，你——叶瑾的葬礼。

叶瑾的葬礼在两人的家乡举行。

刮掉浓密的络腮胡，换上准备好的黑色西装，郭力乘飞机从武汉飞赴老家杭州。

上出租车的时候，郭力觉得“殡仪馆”三个字好陌生，他一直觉得那里离自己还很遥远。

告别厅中人很多，大多数是叶瑾的亲戚。郭力环视四周，没有看到叶瑾的那位男同事。

水晶棺里的叶瑾平静安详，睫毛覆盖在眼睑上，就像睡着了一样，与活生生的叶瑾分毫无差。

郭力凝视着叶瑾，胃部有一根带刺的铁棍在肆意搅动。

那还是在一周前，郭力接到高中老班长的电话。

“叶瑾走了。我想应该通知你，来见她最后一面吧，具体时间、地点短信给你。”老班长在电话里告诉郭力，叶瑾因车祸去世。

郭力像忽然短路，脑子里一片空白。等他回过神，老班长已经挂断电话，电话在耳边发出嘟嘟的鸣音。

郭力觉得一阵天旋地转，几乎要倒在地上。他一手支撑住桌子，一手拿起电话，明知道叶瑾不会再接，他还是用颤抖的手指按下久违的数字。

然而，他忽然发现，自己竟再也记不起叶瑾的号码。

是的，这就是叶瑾忽然出现在清醒梦中的原因。

一切，都是郭力潜意识中的强烈思念造成的。

郭力抬起头，不让泪水流出来。

没事了，没事了。

等参加完葬礼，我就去梦中世界陪着你，不再醒来。

他吐出一口气，打算最后看水晶棺中的叶瑾一眼就离开。

有红色物体进入郭力的视野，他偏转过头细看。

是自己的出生纪念牌，被红绳穿着，依旧缠绕在叶瑾的手腕上。

郭力走出告别厅，在厅外遇上几个老同学，打过招呼后，又被一个穿职业装的女孩叫住，郭力依稀记得她是叶瑾的同事，与叶瑾曾合租过房子。

“怎么不见他来？”彼此寒暄过后，郭力轻声问道。

“哪个他？”女同事一脸不解。

“叶瑾的……新男友。”郭力从口袋里掏出烟，装作不在意地点燃。

女同事一脸茫然：“哪来的新男友？”

“就是那个和她走得很近的男同事。”郭力说，“我都知道的，不需要替她隐瞒。”

“哦，你说的是大刘。”女同事说，然后，她像是明白了什么，摇摇头，说道，“女人不比你们男人，哪里拖得起？一边是相爱多年的男友，另一边是能给予自己安定生活、事业平稳的男同事，就像站在人生十字路口迷茫的人，犹豫也是人之常情。”

郭力冷笑：“背叛也算人之常情？”

“什么话，什么叫背叛？理想和现实有时候不能两全，难道不是再普通不过的事情吗，迟疑一下又怎么了？只要，她最终还是决定和你在一起。要不然，她怎么会辞了工作到武汉去找你？”

“去武汉……找我……”郭力错愕道。

“叶瑾是在武汉出的车祸，你不知道吗？”

5

从杭州回来，郭力顾不上换衣服，服下安眠药，便躺在沙发上开启了清醒梦。

梦中的世界如常，静谧得有些冷清，冷色调的视野里没有一分人气。

叶瑾，叶瑾，叶瑾……

郭力站在房门前，在心里默念起叶瑾的名字。不知为何，他的心中充满了忐忑，仿佛心脏里蕴藏着一颗带刺的苍耳子，不时生痛。

郭力长吸一口气，打开房门。

这一次，叶瑾没有现身。不祥的预感在心中蔓延。

梦中的郭力喘着粗气，用颤抖的双手紧紧握住门把，开门、关门，一连试了十多次，才终于看到叶瑾的身影。

门外的叶瑾与往常不同，目光空洞，平视前方一动不动，像一具躯壳。

“叶瑾……”郭力轻声道。

“……”叶瑾没有说话。

郭力将叶瑾抱起，她的呼吸气若游丝，吹在郭力脸上凉丝丝的。郭力走进屋，将她轻放到沙发上。

沉默。

郭力看着叶瑾的眼睛，叶瑾的瞳孔像一潭死水，停滞不带生气。

“为什么不早点告诉我，告诉我你要来武汉？”郭力忽然说道，“告诉我你也依旧爱着我……”

叶瑾歪着脑袋，无神的双眼盯着空气，宛如被线穿起的木偶。

“难道你又想制造什么命中注定的偶遇，在我意想不到的时候出现在我面前，告诉我，咱们重新开始吧？”郭力握紧右手，指甲嵌入皮肤，“就像高中时河岸边的相遇，要不是特意注意我的行踪，一个女孩子又怎么会大晚上出现在那种荒芜的地方？”

依旧沉默，叶瑾的脸上看不到任何表情，眼神呆滞。

郭力起身，将叶瑾拥入怀中。

让我最后再拥抱你一次吧，叶瑾。

我知道，正因为你还爱着我，所以不愿意让我再在这虚无的梦幻中沉溺下去。希望我迎着真实的朝阳开始新的一天，望着最迷人的星辰沉沉睡去。

“叶瑾，再见了。”

郭力在叶瑾耳边低语。

泪水终于再难止住，顺着脸颊缓缓淌下。

当爱人已逝，一切都无法挽回。

我们能做的最正确的事情，就是放过自己。

忘记一个手机号码需要多久？

一个你曾经深爱过的人的手机号，原本已烂熟于心的。

郭力只用了不到半年。

并且，他想，自己或许再不需要纠结于此。

郭力缓步走在河岸边，那是他和叶瑾高中时的小天地。

空气新鲜，碎金般的斜阳印在他脸上，暖暖的。

人们总应该赋予无序枯燥的生活一些主观含义，不是吗？让它尽量充满戏剧色彩，尽可能朝着善始善终的方向前行。

所以，我与你的偶遇变成了必然。

冰冷的巧合，也被温暖动人的缘分充分诠释。

病人阿福

我需要的，只是回阿福一个笑容。

一个笑容就已经足够。

1

如果末日来临，你会给自己列一张遗愿清单吗？

2012年国庆的时候，我只身前往西安。实际上这趟旅程早在1999年就初步定下，只是由于各种原因一直未成行。

1999年，传说中的世界末日。各种不入流的杂志、报纸上充斥着末日来临的报道，在当时曾经引发过一小股波动，最终随着新千年的到来偃旗息鼓。

2012年，又一个传说世界将要毁灭的年份，各路媒体、神学家纷纷出动，鼓吹末日学说，影响力较1999年有过之而无不及。

在我的脑海里，并没有对“2012世界末日”几个字形成恐惧的印象。长久待在办公室，坐在桌子前面对着电脑屏幕，我的思维、认知能力变得有些麻木，好像每天都在往脑子里注入少量的麻醉剂。

当身边许多同事一惊一乍地告诉我：世界有可能在今年毁灭，人类的历史说不定就要终结了！我的反应只是：哦，那我们中午吃什么？我不想再吃劳什子的外卖黄焖鸡米饭了。

直到偶然在网上下载了一部名叫《2012》的电影，看着地球真真实实地在我眼皮底下支离破碎，我内心才涌起了一丝感触：当年的诺言，似乎还没有兑现。

借着这个由头，我向单位请了年假，说服自己踏上前往西安的路。顺便，见一见相别多年的老同学——阿福。

阿福是我的发小，是同龄人中的翘楚，曾被家长和老师们寄予厚望。事实上阿福在校的表现也无愧于“翘楚”二字，甚至有救世主的意味。

在我们班，几乎所有的理科难题都难不倒阿福。有一次奥数班上课，连老师都被题目难住，不得不向阿福求助，谁知下面的同学告知：阿福今天参加同学的生日party去了，请了假。第二天阿福来上课，我感觉老师差点没扑上去抱住他。

除此之外，阿福还是我们的代言人，在校外如果受到欺负，替兄弟出头的往往也是他。

我天性懦弱，逆来顺受，有一次阿福为了我甚至和高年级学生老周大打出手，头上缝了数针。当然，这些事情我们都对师长保密了，硬是说走路时不小心摔的。

我们齐心协力、小心翼翼地维护着阿福在师长心中的“高大全”形象，并自以为那也是阿福所希望的。

1999年我们上初一，正值世界末日预言广泛流传。阿福不知为何对此深信不疑，在班级里宣扬末日到来及时行乐的思想。他提议我们每个人都写下自己的末日遗愿，然后在末日来临前一一实现。

“福，你这个救世主到时不是该忙着拯救世界的吗，怎么宣扬起这种来了？”我对阿福的行为十分不解。

“救什么世啊，这个鬼地方每天待着都像末日，你也赶紧计划一下吧，没多少天了。”那时的阿福显得很焦急。

“怎么计划，我想都没想过，你给做个示范？”我说，显然对于这个提议我没有准备。

“这还要想？哪些事情是你想做却不敢做的？写上就对了。”阿福说。随后他真的罗列出了一连串计划，整整写满了一大张A4纸，上面尽是些拔别人自行车气门芯、掀开女生裙子的捣蛋事。

“啧啧，福，你这个好学生的思想原来这么低级！”我看着他的计划，嘲笑道。

“笑吧你，等末日到来，有你后悔的。知道恐龙怎么灭绝的吗？小行星撞地球，我们现在就好比当时的恐龙……”阿福边说边把写满计划的A4纸夹在语文书里，这才注意到班主任就站在身后。

“你们在说些什么？”班主任没好气地问道，似乎听到了“行星、灭绝”字样，在他看来，优等生阿福不应该说出这些无关学习的话来。

“我们在讨论日冕、行星和恒星之间的区别。”我胡诌了一通，好在我平时课外书看得不少。阿福见我的回话如此充满学术性，且完美地替他解了围，背对着老师，食指、拇指围成圈，其余三指竖立，向我比了一个“OK”的手势。

“是吗？那你这手势什么意思？两人串好了词？”老师转过身看着阿福，也比出“OK”的手势。

时间在这一瞬间仿佛凝滞，我汗流浃背，阿福面无表情，慢慢地将自己的“OK”手势升起，举过头顶，另一只胳膊开始波浪似的配合着柔和摆动，身段婀娜。

我心领神会，当即和他合作完成了一曲孔雀舞。

从那一刻开始，我觉得阿福以后可能会是个不平凡的人。

2

航班到点了。飞机进入预定跑道，开始加速、狂奔，然后升空。

我很喜欢飞机在离地升空时人体超重的感觉。工作、事业的压力，领导、同事对我的看法，各种职称评比，让我疲于奔命，仿佛每天都拖着一具躯壳，生活被框定在了办公室与公寓之间。有时候走在路上，我的视野里仿佛产生了许多雾气，白茫茫、朦朦胧胧的，渗入到我的大脑里，明明是昨天发生的事情，却再也不能像年幼时那样深刻地印在脑中，只在那里划出一道浅浅的印记，几个小时后便消失不见。

只有在飞机升空、身体超重的时刻，我才感受到自己的重量，仿佛有了几秒钟的“存在感”，告知我是真实存在的。

但是，我终究是幸运的，至少在这样的环境下我仍然健康，没有得抑郁症。

阿福患上抑郁症，是在1999年年末。

“你的末日计划订好了吗？”

几乎每个早晨，一上课阿福就会用手肘碰碰我，催促我制订计划。

“好了好了，到时候记得叫我一起去！”我总是这么回答他，其实并没有放在心上。结果阿福真的按计划做了，而我只是说说而已。

结果世界末日没有来临。

结果，属于阿福一个人的末日来临了。

由于阿福做了一连串与他“乖乖男”身份不符的荒唐事情，老师十分恐慌，这种恐慌就好比看到蝙蝠侠和小丑坐在一起谈论晚上去哪家夜店一样。老师赶紧通知了阿福的家长，阿福的父母尚算淡定，但他的爷爷奶奶简直慌了神，认定阿福是中了邪，请了一个风水师来给阿福“收惊”。

一个月后，阿福患上了抑郁症。医生确诊的时候说他这病并不是一时而成，而是由来已久，日积月累，只不过碰上一个时间点，所以激发出来。但是我实在不明白之前有什么事情能让阿福抑郁。

这之后，阿福一直没来上课，被送去外省的爷爷奶奶家养病。其间甚至还传出了他有自杀倾向的传闻，我很想去探望，但未得到家长允许。直到一个学期过后，阿福才又回到了我们的身边。

半年未见，原本消瘦的阿福居然发福了，脸上、脖子上充满了油腻的脂肪，肚子也有些鼓起，据说这是治疗的药物中含有激素的原因。

回归后的阿福仍然坐在我旁边，依然喜欢说话，还是喜欢着前座的小欢。有时候这会让我产生一种错觉，仿佛阿福没有离开过，或者说只是外出旅游了一段时间。

然而从他那渐渐哆嗦、重复多遍的话语，我还是感受到了抑郁症对他带来的伤害，尤其是，看到“那样”东西的时候。

我有些自责，立刻告诉阿福，等下一个世界末日来临之际，我一定再列一张遗愿清单，在他的监督下完成，不完成就不是爷们儿。

阿福欣然接受，忽然问了我一个问题：“如果世界末日来临，牺牲你一个能拯救全世界，你干不干？”

我说：“干。”

为了欢迎阿福归来，班主任利用整个下午开了个欢迎会，说是欢迎会，其实更像联欢会，充斥着各种浮躁游戏，有的还需要剧烈运动，这是阿福根本无法参与的，他静静地坐着，自始至终没有参加一个游戏，倒是别的同学玩得不亦乐乎。

联欢会末了，班主任给大家放映了一部外国电影，讲述了一位身残志坚者的励志人生，或许是为了鼓舞阿福吧（我至今不觉得这是好主意），全片尽是些心灵鸡汤式的话语，叫人看了直打饱嗝。

电影放映过程中，阿福忽然对我说："我不太喜欢这些话，也不喜欢用作品来告诉观众、读者一些大道理。"

我说："作品的创造者相对而言都是成功的人，用自己的经验让观众、读者少走些弯路，也是出于好意。"

阿福摇摇头，说："他们每个人都在下定义、作概括，以为自己很了解人生。真正自在的生活，哪里还需要冠冕堂皇的话来包装？……"说到一半他忽然笑了，不再继续。

我明白，他发觉了此时自己在说的话，其实也是一种下定义。

阿福回来之后，尽管老师们会有意关注、关心他，但这种有意反而就说明了情况在起变化。

是的，阿福不再是老师们的宠儿，即使是在被表扬的时候，仍无法掩饰老师眼中闪过的一丝遗憾。一学期过后，甚至连多余的关注也不经常有了，更多的时候，只是象征性地说上一句套话：大家要多给予阿福帮助哦。空洞又虚假。

这也让我们产生了一种错觉，现在的阿福已经不是以前那个足以救世的人了，他现在连自己都救不了。

实际上阿福依然优秀，虽然脱课一学期，成绩还一直保持着年级前十名。那时候我们已经上了初三，面临着中考的升学压力，班主任则是紧紧地盯着升学率，多培养一些同学进入省重点市一中成了重中之重。当时市一中分配给我们中学十五个免试名额，全校前十五名成绩优异的学生不需要中考就能直接进入一中。

上面政策一下来，就是下面实施对策的时间。照理说十五个名额应该给综合成绩前十五名的学生，但是学校为了提高重点中学升学率，打算把名额分配给考一中有风险的中等实力学生，让最优秀的十五名学生仍然参加中考。

于是各班班主任开始游说，展示张仪之才。他们找来那十五个学生晓以大义，让他们放弃名额，一副“学校培养你们三年，是该你们报答学校的时候”的样子。结果那十五个学生中有十四个都被老师的苦心打动，有的还流了泪，表示愿意遵从师长教诲，情势感人肺腑。

只有一个人拒绝了老师的提议，他就是阿福。

阿福觉得免试的名额是自己理所应得的，为什么要让给别人？于是在道德上他彻底成了老师、同学们心中的反面例子，只是顾及他是病人，很多人没有当面说，背地里我却听到不少骂阿福自私小人的。

因为是阿福最好的朋友，我免不了也成为他人指指点点的对象。别说，当时的我也颇受煎熬，虽然从未有过要远离阿福的打算，但看着他跟没事人一样，我甚至产生过疑惑：阿福，是不是真的堕落了？

3

中考过后，我和阿福进入一中。那时候我们不在一个班，我又交了女朋友，和阿福见面的机会自然少了，但是偶尔还是会在周末一起出去玩。

那一年市里在人民公园办游园会，我弄到两张门票，因为女朋友要上补习班，于是我和阿福约好在公园门口见面。谁知到点了还不见他人影，等来的却是比我们大两届的老周。老周也是个奇怪的人，这么些年来一直游荡在学校与社会之间，成绩却没有落下，凭借一颗聪明的脑袋甚至还拿过数学奥林匹克竞赛金牌。每当有学生不好好学习想混社会，老师都会拿出老周的例子：要老师不管你？先拿块金牌回来再说！

麻烦的是，老周这些年同样没有改变一项爱好——不分场合地调戏、欺负我。

游园会，老周正为没有票发愁。看我手里有票，他随手抢过一张，也没征求我的意见，自己就排到了公园门口的长队之中，一副理所当然的样子。我一脸茫然，虽然有种被羞辱的感觉，但那更是种习以为常的无奈。看着队伍缓缓推移，老周也慢慢前进，等到阿福来的时候，老周已经快进入公园了。

“怎么不进去？”阿福问我。

“福，我的票被老周抢了……”我委屈道，眼泪在眼眶里打转。

“靠，你怎么不早说？给我票，我进去揍那小子。”阿福明白情况后扔下这句话，然后气愤地进入公园。

我就这么麻木地看着阿福，就好像事情不是发生在自己身上一样。懦弱像癌症一样深入我的骨髓，随着我的血液游遍全身，我甚至没有勇气挪步，呆呆地望着公园大门。实际上我更怀疑的是，阿福有什么能力替我抢回票？

五分钟之后，人群中引发了骚动。整条队伍像一条歪歪扭扭的长蛇，忽然间蛇的腹部开始剧烈鼓胀，随后好似快要胀破一样，老周受力从“腹部”弹了出来，跌坐在地上，阿福也跟着慢悠悠地出来。

老周是被队伍里的人推出来的。

老周脸涨得通红，起身挥拳就要打阿福，阿福也无惧色，没有躲避反而将脸迎上老周的拳头。这么一来老周反而迟疑了，扬起拳头不知道如何是好。

就在老周犹豫时，队伍里再次引发喧闹，甚至连公园保安都出来了，老周遭到了排队人群的指责，你一言我一语，有的还用手指戳着老周，大有围攻他的意思。老周一看触犯众怒，这才识相地丢下门票，悻悻离开，走前还不忘警告我和阿福走着瞧。

我从地上捡起票，问阿福怎么发动的群众。阿福说，老周抢票本来就能引发民愤，更何况，他是个病人啊，只是可恨没能打爆老周的头，这要换在过去，有老周苦头吃了。我说，还是文明些好，我们都是文明人。

然而这件事果然如老周说的那样，没有画上句号。

一周之后，我在小弄堂里被人抢了手机。那人绰号狗剩，是老周结识的社会上的人，据说一开始是叫“狗圣”的，后来不知怎么就被传成了“狗剩”，真是三人成虎、人言可畏。狗剩以前也曾经被派来捉弄我，据说犯下的事情不少，但是未成年，抓进少管所多次又被放出来，老师都拿他没办法。

我告诉狗剩，手机里虽没有艳照但有很多女友发给我的短信，是我们爱情的见证，对我很重要。我还流下了眼泪，企图打亲情牌，感动他把手机还我。狗剩听了半天，眼珠子绕着眼眶滴溜溜转了数圈，好似发现了商机，让我明天一个人带600元钱到人民公园，一手交钱一手赎回手机，要是敢叫人这辈子都别想要回手机。

狗剩走后我很无助，因为学校不允许带手机，手机是我背着父母偷偷买的，指望父母帮忙无异于自杀。这个时候我想到了阿福，虽然他已不是当年的阿福，但是除了他我实在无人可找，于是到公用电话亭打电话给他。阿福得知来龙去脉，当即决定明天和我一起去人民公园，像过去那样替我出头。我说不行啊，狗剩说了不可以叫人。阿福让我放心，狗剩一定不会注意到他。我说："你难道还会隐身？"他说，试试看总是好的。

第二天清晨，我早早地来到人民公园。那时候晨光熹微，六点都没到，公园里没什么人，阿福就在我附近四五米的地方守护着我。

狗剩来了，他迟到了起码有半个小时。我听从阿福的建议，没有带钱。"交易"的时候，狗剩看到我从口袋里掏出几张废纸，刚要发怒，阿福已然渐渐靠近，在电光石火之间便朝狗剩头上轰出一拳。

那一次，我夺回了自己的手机，但是我和阿福，都光荣负伤。

狗剩没有立刻被阿福打倒，中拳后只是低哼了一声，然后对阿福展开反击。

阿福被他压倒在地上的时候，我脑中一片空白，只觉得拳头微微发热，当我再次有意识的时候，已经和狗剩扭打在一起。

那是我平生第一次打架。

事后我和阿福躺在湖畔旁的草坪上抽着烟，那是阿福为了助兴从杂货店买来的。

“事后一支烟，赛过活神仙！”阿福兴致很高，吐出奇形怪状的烟圈。

我们猛吸着烟，低头看着身上的伤，烟雾在头顶聚集，随风飘散。我说我们真是酷毙了，决斗后低调地抽着烟，仿佛是在镜头前的演员一样。刚说完这话天就突降大雨，让我们成了落汤鸡。

我对阿福最后的印象，停留在那个湖畔、那支烟、那场雨上。抽着烟的我，将那天的事情想象成一个开端，然而，完全没有想到的是，休止符来得竟如此悄无声息。

那次事件之后，阿福举家搬去了西安。

阿福走了，原以为我的生活会呈现另外一副模样，然而一切却依然相似：每日的早读、做操，和女友的你侬我侬，课后的吵吵闹闹，老周的咄咄逼人……没有人为阿福的离开赋予过多的话语，就像电影剧本里删去了几句路人甲的台词。

后来我明白，之所以我认为阿福的离开会改变我的生活，是因为我把自己当成了剧本里的主角，实际上在那个大的剧本里，我只不过是沧海一粟。我渐渐习惯了没有阿福的日子，像往常一样学习玩闹，像往常一样和女友爱意浓浓，只是在老周多次苦苦相逼之后，我的拳头挥向了他的脑袋。

回忆着过去，我居然在飞机上睡着了。

我做了一个怪梦，这个梦的开头是说我所乘坐的飞机遇到严重故障，即将坠落。防毒面具从我们头上方落下，像一根根在空中跳着舞的肠子，乘客们的尖叫声此起彼伏。就在飞机像一只哀怨的老母鸡般鸣叫落地的一刹那，时间静止了，然后一个像是神的使者模样的女人出现在我的面前，对我说着奇怪的话，这段话像极了我看过的一部电影，在梦里却怎么也想不起电影名叫什么。

原来大地之神厌倦了人类的虚伪，决定要毁灭世界，人类只能以活人来祭祀大地之神，文明才能得到暂时的延续。那个被选中、用来祭祀的人就是我，不过我似乎丝毫无所感，也没打算舍生取义。神的使者哀求我，只有我现在自杀，人类才能得救，说着使者拿出刀、斧、绳、毒奶粉，问我要用哪种方法自杀。

也不知道梦里怎么想的，我拒绝了使者的提议，坚决不自杀。神的使者都快给我跪下了，说："你怎么不按套路出牌？你可是电影的主角，救世主，哪有救世主这样的！不肯自杀，地球毁灭你也是会死的，为什么不救救所有人呢？"

我反问："为什么不拉他们来垫背呢？"然后我点燃了一支烟，缓缓道："人类这么复杂，是应该换换新的物种来统治地球了。"说完，神明遮天蔽日的大手从地底伸出，重重地拍在地表上，地球毁灭了。

在地球毁灭的一刹那，阿福居然出现了，问的还是那个问题：如果牺牲你一个人能拯救全人类，你干不干？

我说："干！"

他笑着说："你终于学会骂人了。"

然后我就醒了，醒来的时候飞机已经着陆于咸阳机场，我赶紧拿好行李下了飞机。

马上就要与阿福见面了。

4

手拿行李走在出口通道里的时候，我满脑子都在想，这么多年没见阿福，他现在究竟是什么样的状态呢？脑海里最先呈现的是一身西装的阿福，手上还戴着金表。然后画面一转，出现了一个奇怪的老头儿，告诉我，陵园进出要收费。

画面再要转的时候，一切想象忽然犹如气泡般“啵”的一声消散。

因为阿福出现了。我一眼就看到了阿福，仍旧是那副身影。

阿福在出口处静静地等待着我，依然闪烁着双眼，脖颈依然肥厚，好像在下巴下形成了一个天然的护颈，但是让我一眼认出他的，还是他身子下面的那架轮椅。

阿福就坐在那里，像过去那样手指轻弹着轮椅护手边沿，不时地看一下手表。这让我产生了错觉，仿佛此时不在咸阳机场，而是在过去的某一个周末，我们约定在某一个公园碰头。

阿福在确诊抑郁症的第一个周末，企图跳楼自杀。我知道那是出于冲动，如果经过深思熟虑，他不会选择从自家三楼阳台跳下，而会换一个更高的地方。但是这一冲动，让他再也站立不起来了。

因为轮椅，他从救世主的宝座跌下，失去了万千宠爱；因为轮椅，他不需排队便能从快速通道进入人民公园，截住老周；因为轮椅，他在不知不觉中靠近了狗剩，是啊，如果要干架，谁会注意一个病人呢？

“来了？”

阿福朝我挥手，脸上充满了久违的笑容。

在看到他之前我曾担心自己会流泪，还想了很多忍住哭泣的方法。现在我才知道一切顾虑都是多余的。

我需要的，只是回阿福一个笑容。

一个笑容就已经足够。

“你的末日计划清单呢？”阿福说，像过去那样拍拍我的肩。

我拍拍书包，清单就在书包里。这次，我也写了满满一张A4纸。

但是，这可能就是另一个故事了。

后记

原本，故事应该在“但是，这可能就是另一个故事了”那里就完结了。然而，文章发表后，无论是微博私信还是留言，许多读者对我进行了声讨，选其中一些具有代表性的摘抄：

1.什么叫“这可能就是另一个故事了”？又（为什么要用又）挖坑不填，干什么呢？

2.实际上你也不知道故事该如何继续发展，硬装作后面还有续篇吧？

3.你压根就没写过遗愿单对不，唬人呢是不是？

于是有了这篇后记。

我只想告诉大家，之所以不写下去，真的是考虑到大家的感受。因为之后发生的事情，毫无哲思可言，倘若你不介意，那么，请继续往下读。

首先我要向大家展示的，是去西安之前写的那张遗愿单：

1.在末日到来前去趟洛阳、西安。

2.搭讪西北妹子。

3.找钟教授谈谈历史。

4.在华清池里泡澡搓老泥。

5.做一件成人之美的事情。

（其下还配有解说词）

古都西安，神都洛阳。

我想去的地方，都是历史悠久的传奇都城，洛阳所在的河南更是炎黄子孙的发源地，末日前若不去祭拜一下，绝对是一辈子的遗憾。

关于在西安搭讪西北妹子。

都说那里的妹子性子爽朗，有别于江南女子，我也想尝尝鲜。

钟教授。

钟教授是国内史学界近年来颇受关注的学者，当年他还在C大的时候我曾在期刊上看过他的几篇学术论文，读了之后备受启发，想尽办法向期刊杂志社要来钟教授的联系方式，钟教授接起电话说有空了会回电给我，之后就再无声息，听说他最近调到了S大，S大就在西安。

华清池。

作为一个热爱古典文化的青年，我觉得到西安之后或许可以不看古城墙，也可以错过兵马俑，但是华清池是一定要去的，因为那里是杨贵妃曾经搓澡的地方。

成人之美。

成人之美？人生就像一场电影，电影落幕时，绝大多数观众都喜欢美好的结局，成人之美是最大的美德，成功后再回家陪伴着父亲母亲一起等末日，人生也就无憾了。

到西安的那天下午，天气不是很好，天空中云彩的颜色十分古怪，文雅地说混混浊浊的好像浓咖啡中刚注入清水，通俗点好似在×××中拿一根搅屎棍搅过一样。像极了我脑海中世界末日的景象。

虽然多年没见，我和阿福的默契却还在，彼此见面少了寒暄，许多事情相视一笑便已心领神会。

相视一笑，真是人与人之间相处的最美好状态。

从机场出来，一辆帕萨特车早就在停车场等候。开车的是阿福的妈妈，理着干练的短发，见了我微微点头致意，就没有再说话。她照料阿福上车，将轮椅折叠好放置于后备箱，开车载我们上路。

“福，照你看，2012年是世界末日的可能性有几成？”我摇下车窗仰视天空。

“零。”阿福回答得很干脆。

我笑了：“当年可是你嚷嚷着我们可能会像恐龙一样灭绝的。”

“现在想想，恐龙是注定要灭亡的，它们太没‘感’了。”阿福说。我自然不明白他的意思。

阿福看出我的困惑，接着说：“以霸王龙为例，科学家说它断了尾巴，痛觉要在几天后才能传到它的神经中枢，那时候它才会发现。如果你和你的女友在宾馆激情，当时没什么感觉，几天后在室友小胖对着你挖鼻孔的时候突然……”

这也太可怕了，我起了鸡皮疙瘩。看了眼驾驶座上阿福的妈妈，她很镇定地开着车。

“你所谓的这种‘感’包括哪些东西呢？”我问阿福。

“说到底，人活着就是一种‘感’。”阿福说，“人生漫长，许多事情你已经记不起来，但是总体的感觉不会轻易消失。喜、怒、哀、乐，满足、自信都是‘感’，或者可以用一个词概括，那就是存在感。你在做的事情，是真的能引发你感到幸福。如果哪一天连存在感都错位了，那每一天都是世界末日。”

我“哦”了一声，实际上并不懂。

“所以即使这次是世界末日，我也不会写遗愿清单，总觉得只有得重病不得不离开世界的人才会写这种东西，他们把太多向往的‘感’压缩到了一天进行。”阿福说。

“靠，你花了多少时间编这种烂理由？只是为了不写遗愿清单，看我一个人完成遗愿？！”我笑骂道。

“说到清单，给我看看你的吧。”阿福笑笑，说道。我从书包里拿出那张A4纸，交给阿福。

阿福接过清单看了一眼，忽然问我：“写这些的时候，你真的相信2012年会是世界末日？”

说真的，以前我从没信过，但网上铺天盖地的，末日时间又一天天临近，加之生活压力巨大、精神始终处于紧张状态，使得我的确对2012有了恐惧。所以这次的遗愿清单是我真实所想，没有半点娱乐精神。

我如实告诉阿福。

阿福觉得很有趣，用手指弹了弹遗愿单：“你发现没有，你写的遗愿有一个特点，前一个遗愿往往让人觉得有雄心壮志，然后下一个愿望又无聊低俗到爆。”

“真到了末日非死不可，心中的大俗大雅哪里还有什么界限呢？”我叹了口气说，眼神中可能透露出有些尿急但行车终点遥遥无期的忧虑。

阿福误解了这种焦虑，以为我是在为末日来临担忧，反而安慰我道：“其实2012没什么的，你想想，你大学四年整天在寝室里睡觉、玩耍，而有些人却奋斗了四年，最后还不是要一起玩儿完，比比他们你都是幸福的。”

我有些诧异，轻声对阿福说：“你这么想得开，怎么还会得抑郁症？”

阿福反问我：“如果我就是那些个奋斗了四年的人呢？”

阿福在车上为我策划着实现遗愿的路线。他略加思索，然后在遗愿单背面画起路线。不过五分钟就完成了线路图，从西安出发再到洛阳。走哪条省道、哪条国道、哪条高速公路，阿福都计算得清清楚楚。

“为了节省时间，我们就不按你遗愿单的顺序来了。”阿福说。由于先到的西安，他打算先帮我联系钟教授，也不问我要号码，只是打了几个电话，便不知从哪里弄到了钟教授的手机号，按下拨通键，有意开了免提给我听。

阿福：是钟教授吗？

钟教授：我是。请问你是哪位？

阿福：一个热爱历史的大学生，有些学术性的问题想向您请教。

钟教授：哦，最近事情比较多，等我有空了之后再打回给你？

阿福：钟教授，我很爱历史学，考研也想考您的历史专业。

钟教授：行的，行的，等我有空的时候。

阿福：我最近在学术上遇到了难题，您是权威，请您指点迷津。

钟教授：一定，一定，好吗？我还有事情，先挂了。

阿福：我爸是S大的福××校长。

我们和钟教授是在大雁塔旁边的咖啡馆碰面的。

虽然钟教授之前没有给我回电，但我是能够理解他的：一个普通的教授都有忙不完的论文研究，更不用说是明史权威了，要是每个热爱历史的学生找他他都抽时间应付，哪还有时间做学术？

我们很投机，钟教授长得有点像年轻时候的高仓健，没有一点点权威的架子，见了面就和我们亲切地握手，还说其实早就想联系我了。在聊了三个小时的咖啡文化以及西北女人之后，我们才依依作别。

阿福说："现在你信了吧，相比江南女子，西北妹子的感觉是完全不同的，搭讪完全不能体会。"我问他怎么样才能感受，他说至少亲吻。我遂把第二条遗愿改为亲一口西北妹子。

然后我像是忽然想到了什么："福，刚才聊得太欢，咱们压根没和钟教授讨论历史！"

在阿福家休息一夜，第二天他妈妈开车带我们去洛阳。

经过临潼时阿福告诉我，华清池就在这里附近。我俩下车，还没找到大门，先看到的是黑压压的人海。

"果然还是华清池受欢迎啊。"我说，"这队伍没两三个小时怕是排不到。"

"要不咱们找找特殊通道？"轮椅里的阿福建议道。

"算了，我假期时间本来就不长，不能耽搁了。"我说，"而且门票一百多元呢，这次出来可得省着点花。"

"没关系，反正现在华清池也不允许你洗澡。"阿福说，"不过你的愿望我还是能让它实现。"

我们于是离开了华清池，到镇上的华清池浴室花五块钱尽情地搓了一次澡。

洗完后我俩都很满足，继续上车前往洛阳。

车上高速，几乎不开口的阿福妈妈忽然问我现在在做什么。

我说：“在地质局上班，节后或许要辞职了，也可能再做几年，我也不知道，正犯浑呢。”

“干吗要辞职？”阿福插嘴道。

“不喜欢呗。”

阿福的妈妈问：“那你大学是学什么的？”

“学的就是地质。说实话，以前根本没对这块儿感兴趣，高考完填志愿才第一次听说。因为地质是所在大学的王牌，就报了。”我说，“可是，学了四年后，我发现自己和地质一点儿也不来电，现在反而重新拾起当年喜欢的历史。”

“可以找个和历史研究有关的工作，或者干脆重新回学校读研深造。”阿福妈妈说。

“我也这么想过，但是大学四年时间不是白白荒废了吗？想到这里，我又不太想放弃地质。”我纠结道。

舍得，舍得，有舍才有得。这些道理每个人都懂，但是真轮到自己，我看没有哪个人敢打包票不会犯迷糊。

车内三人都没再说话，只听见忽轻忽重的油门声。

到洛阳已是下午，还是阴天，吹来的风中有股青草的气味。

“想不想去龙门石窟？”阿福问我。

“人会很多吗？”

“可能会的，那里国庆的客流量很大。”阿福说。

“那不去了，我还得完成遗愿。”我说。然后阿福说抱歉，这次没法全程陪同我了，他妈妈没有去过龙门石窟，他想和妈妈一起去。

“没关系。接下来搭讪、亲吻女孩的事情就让我一个人来做吧，毕竟是比较隐私的事情。”我说，虽然有些失望。

阿福拍拍我的肩膀，让我去十字街走走，那里妹子多。我问他是不是夜店，夜店我一个人不敢去，他说我高估他了，那是烧烤一条街。

我俩在洛阳分道扬镳。望着帕萨特车远去，我心里有种奇妙的失落感。

就这样分别了吗？我们的再次相逢不该如此平淡啊，我想。我们难道不该面对着月亮彻夜长谈，在推杯换盏间共诉愁肠，最后在离别时泪洒黄土吗？

是的，都没有。

或许是因为我们的感情淡薄了，又或许，这才正说明我们成长了。

我愿意相信后者。

我在晚上八点左右到的十字街，香喷喷的烧烤果然吸引了时髦女生的驻足，当然，还有很多是成双成对的学生情侣，洛阳师范学院就在附近。

“亲吻西北女生会有不同的感觉哦，保证让你有美好体验。”阿福的话语环绕在我耳边。

看着身边的女生们吃得那么欢乐，我忽然迟疑了、胆怯了。但是既然抱着完成遗愿的心态来，我就一定要做到，为了自己，更是为了阿福。1999年的时候我坑了他，我觉得非常愧疚。

心思在动摇，脚步也在移动，不知不觉我竟然走到了街尾。

街尾的墙角边有一对学生模样的男女手拉着手，男的是学弟级别的，用河南方言和女孩说，他想亲她。而女生则羞涩地说，不中，她还是第一次被男的亲，会害羞，不可以。即使灯光昏暗，我依稀能看到男生不知进退踟蹰的神色以及女生脸颊的红晕。

这让我想起了我和我的女友，那一年在教室后面，她十五岁，我也十五岁。而如今，已是有缘无分。

后来我们通过电话，我问她幸福吗，她说现在的幸福大多是在回味过往的幸福，可是当时怎么就没有感觉到呢?

我下意识脱口而出，因为你是霸王龙啊！电话就断了。

我看着那对欲说还休的情侣，忽然就来了精神，电光石火间走上前，对着墙角那个女孩的额头重重吻了一口，然后看都不再看他们，只管自己转身离去，深藏功与名。

学弟，学长只能帮你到这儿了，接下来的，就看你自己了。

直到走出街口，我才注意到嘴上满是粉底，厚厚的，一擦就在嘴角边聚集成了一坨。

“亲吻西北女孩有不同的感觉。”

阿福的话，真是夸大其词。

正思索着，忽然出现了一个记者模样的人，她身后还跟着个扛着摄像机的男人，记者用极其甜美的声音问我道：“你幸福吗？”

“不信。”我蘸点口水，继续擦拭着嘴角的粉底。

司楠的计划

我会因为一个人，

爱上整个校园、整片街道、整座城市。

1

我叫司楠，研究生在读，业余时间写点小说。

十五岁之前我的名字还是司適。当时市里举办青少年作家作品研讨会，我有幸作为代表参加，落座后才发现桌上的姓名牌被写成了“司南”。

对此我倒无所谓，在这样的会议上露个脸我都觉得很光荣，哪里还会吹毛求疵？会议流程，有一项是代表们自我介绍，相互熟悉。没想到在我起身自我介绍的时候，主持人多了句嘴。她问我：“你的名字是谁取的？”

我实话实说：“是爷爷取的。”没想到因此掉入了主持人设置的话题圈套。

主持人点点头说：“司南是一种古代辨别方向的仪器，常用于航海，你叫司南，想必其中有什么典故吧，是因为爷爷曾是一位光荣的海军吗？能给大家说说吗？”

这也行！我内心大吼一声。

我被主持人这种“机智的联想”逼到了思维的墙角，当着众人的面紧张得直冒汗。

我的爷爷不是海军，他只是一个从农村走出来的普通工人。三十多年前他的小儿子也就是我小叔在城里走丢，从此音信全无。小叔叫司忆南。爷爷给我的“適”字加上走之旁，或许是寄托了他的美好愿望，他多么希望小叔能走着走着找回家来。

见我为难，说不出个所以然，主持人顺势讲了个冷笑话缓和尴尬的局面后便让我就座。那时候的我脑子一片空白，正如猴子般地抓耳挠腮。

第二年，在会议举办之前，我有意致电组委会，强调我的“適”是有走之旁的，算比较冷僻的字，请他们这次不要弄错了，不是那个古代航海用的司南。

电话那边说：“好的，请放心。”

那天我忐忑地走进会场，直到看到姓名牌上写对的“適”字才松了一口气，心想：终于写对了！

我刚想入座，目光稍稍偏转，人却差点从椅子上摔下去。

姓名牌上赫然印着“斯適”二字。

在爷爷点头后我改了名，将原本的“適”换成了“楠”。哦，就和这窗边疾驰而过的楠木的“楠”同一个字。

现在的我，正坐在K968次列车的车厢里。

窗外的骄阳像一团正在燃烧的火球，将车厢里的环境映衬得无比光亮耀眼。车内的空调温度开得很低，这让我产生了一种太阳射出的其实是冷光的错觉。

我要开始一趟旅行。此行的目的只有一个——复仇。

我坚信，出手放倒那个人的时候，我的生活也将恢复常态。

2

好了整整七年的女友，几天前和我分手了。三年的高中恋爱，四年的大学异地恋走到了尽头。当时已近凌晨，我正在宿舍里打游戏，激战正酣之时手机忽然振动了一下。

“我已经答应他了，我们结束吧。”

女友的短信简洁明了，没有一点挽回的余地。

我的第一反应是：七年之痒的都市传说竟然是真的？！紧接着又有奇怪的东西涌入头脑：我俩也没拍过大头贴啊！

不过，这也算不上多意外，实际上在一年前我对此便有预感。那天女友像往常一样在晚饭后打电话给我，聊的无非是一些寝室生活、家长里短，在我看来都是些鸡毛蒜皮的小事。我边浏览网页边敷衍着她，然后在聊天出现冷场之际，随口问道：“对了，你的留学手续办得怎么样了，还顺利吗？”

电话那头沉默了良久。

“刚才我就是在告诉你办手续的事情，你在听什么？”她的语气有些愤怒。

“啊啊……不好意思，我前面没有听清楚，办得还顺利吗？”我连忙安慰，她却哭了。

“你变了，你没觉得我们身处异地，心也越离越远了吗？”她啜泣着，就像天要塌下来了一样。

“没这么严重的……”

“你根本就不想听我说话，不想就永远不要勉强了！”

“变的是你，以前你可不找这种碴儿。”我也被激怒了，对着电话里嘶吼，“我就是走了一下神，你有必要搞得这么大张旗鼓吗？难道要我给你跪下来才行？”

电话那头的她不再和我争论，只是一直哭一直哭，哭到我心都软了，想出语安慰的时候，嘟嘟几声，她挂断了手机。此后，这样的场景越来越多，每次吵到双方互不理睬，几天后火气都消退，才强行当作之前的事没发生过，却在两个人的心里留下了创伤。

看着她的分手短信，我思绪万千。

“哦。”

我的回复更加吝啬，然后把手机摔在一边，重新回到虚拟世界里厮杀。

“结束了。”我对自己说。

3

我和女友是高中同学，她叫林月，是我们班的团支书。从东北家乡转学到杭州念高中的第一天，我就记住了她。校园里的她笑得比阳光还要灿烂，耳边的秀发因为骑车纷飞着，像一双正展翅高飞的翅膀。

为了接近她，我三天两头找她交团费，交着交着便彼此熟悉起来，渐渐建立起了“革命的友谊”。她会用多交的团费去超市买来小吃，下课经过我座位时不经意地放在我桌上。我平时也半真半假地称她为好政委，在国庆节那天晚上带她去看烟花，然后轻轻握住了她的右手。

我读书比同龄人早两年，在每个阶段的班级中都是最小的。之前我早有过规划：高中不谈恋爱，假如没忍住，也要找一个邻家大姐姐类型的女朋友，做事稳重有章法又能照顾我的那种。

林月显然不属于那样的，她比我大一岁，和我站一起却活脱脱一个妹妹，撒娇、黏人，遇上不顺心的事情，常常哭鼻子。

但是我们就是走到了一起。高中男生女生的情感是最纯粹的，无诸多顾虑，需要的只是感觉，感觉到了，再远的天涯也能执手并行。我和林月都是第一次谈恋爱，我们都觉得与初恋走入婚姻殿堂是人生中最值得夸耀的事情。

不过，执手并行七年，终于还是到了尽头。尽管这途中有过多次，我曾以为我们会就这样一直走下去，直到死神将我们分隔。

死神虽然是人生的最大反派，但是在爱情故事里，它往往只充当难得出现的配角，或许有时候，连客串的戏份都争取不到。

分手后的三天里，我没有收到女友一条短信，同样地，我也没有再回复过她。平日里忙碌的手机，被我放入了抽屉里。没有了女友的短信、微信轰炸，它像个过了气的明星，孤独而寂静。

七年了，我习惯了女友在晚饭后给我打电话，习惯了洗澡前进行一次视频通话。现在都没有了，我以为会不适应，至少经历一段时间的阵痛，可惜的是，没有。

当原本深情的话语变为听筒里固定的电磁波，当面对面的视频传输成为例行公事的寒暄，当一切成为习惯，同样也意味着热情的冷却，即使怀念，你也只是在怀念那条冰冷的规则而已。

我继续着写小说到半夜、第二天中午才起、上课睡觉、下课回来叫外卖和室友打牌玩游戏的“大学生活四重奏”。女友在我生活里消失了，生活却并没有因此乱套。

不过，小插曲还是有的。我明显发现自己开始出现走神的现象。

有时候做事情无法集中精神，随便室友的一句话、电脑里的一个弹出广告都能够打断构思。干脆停下来什么事都不做，脑子里却又是一笔糊涂账，内心总有些恐慌，灵魂好似无处安放。

这些，让我想起了一个人——小彦阿哥。小彦阿哥是我搬到杭州后的隔壁邻居，比我大六岁，成绩优异，考上了清华的他常被大人引为我辈楷模，2005年的时候还被评为了县里的道德标兵。每个人年幼时都会有一两个偶像，小彦阿哥就是我的大英雄，跟着他，不论做什么事情，爸妈总是很放心。

在当时的我眼里，似乎没有什么事情是小彦阿哥做不到的。他会带我去河边捉鱼，用手就能抓到又大又漂亮的鲤鱼，我最不拿手的模型拼装，他也是信手拈来。

有一次从外面捉蝉回来，我走着走着忽然说："小彦阿哥，你能不能帮我把小叔找回来？"

小彦阿哥问我："你的小叔有什么特征吗？"

我连忙说："我只知道他左边屁股上有两颗痣，是爷爷以前跟我说起过的。"

小彦阿哥说："是吗？看来比较难找了，因为我轻易不脱男人的裤衩。"

说起裤衩，小彦阿哥曾经告诉我，生活就像裤衩，平时穿在里面不显眼，只有在失去它或是它发生危机时，你才会觉得蛋疼菊紧。但那也仅仅是你自己的事情而已。

毫无疑问，现在我的生活出现问题了。坐立不安、如坐针毡、如鲠在喉，古人造词真的是太过贴切，我现在的状态完全能够被这三个词概括。我躺在床上回忆、思索，这一切到底是为什么，然后我忽然坐起，幡然醒悟。

“我已经答应他了，我们结束吧。”

女友是在答应别人之后，才和我分的手。也就是说，我是被人挖墙脚的！

意识到这一点后，我迅速从床上下来，手撑着桌面半天没说话。我似乎都能感觉到瞳孔在随着思绪不断缩小又放大。

天杀的，我也有被小三挖墙脚的这一天！我的呼吸急促起来，胸口起伏迅速，像装上了一只马达。

如果是小彦阿哥，他会怎么做呢？我使劲儿地抚摸着胸口让自己平静下来。手足无措的时候，换位思考将会有不错的效果。

领完道德标兵荣誉的下午，我和小彦阿哥一起倚着树坐在碧绿的草坪上，看着天上的白云在微风的吹拂下越飘越远。

“生活的真谛，只在一个字上。”小彦阿哥竖起一根手指，说道。

“什么字？”我扑闪着眼睛问。

“装。”他说。

“装？”我挠挠头。

“你装作健忘，不停地交团费，她装作脸盲，来者不拒，你和女友才能走到一起；我开房前每次都会捧着女友的脸仔细端详，装作百看不厌，她在做爱时总是配合地假装高潮，我们才能保持到现在。”小彦阿哥说这话的时候，神情自然而悠闲。

我惊讶地叫道：“啊！”

小彦阿哥却只是微笑地说："装一装，能迎来更好的生活，你问问自己愿不愿意？"

按照小彦阿哥的说法，这个时候的我应该致电挖我墙脚的那个男人，大度地告诉他林月就交给你了，请你对她好一点，祝你们幸福。然后在结尾时忽然变脸，最好咬着后槽牙说，要是她受什么委屈，我一定不会放过你小子的！

于是皆大欢喜，迎来一场"你若安好，便是晴天"的美满结局，说不定还能把自己感动到流下几滴祝福的眼泪。

可是，我完全没办法让自己这么做。尽管我上网，搜出了上百条关于"平心静气、淡泊是真"的氧气格言，并逐条细读，内心的火焰反而越烧越旺，几乎要迸发而出。

我现在最想做的，就是冲到杭州找到那个男人，二话不说将自己的拳头砸到他的脑壳上。

于是，我关掉网页，压抑着怒火抽掉了室友珍藏多时的那包软壳中华，接着眼睛一闭将自己扔到床上。

第二天一大早，我买了前往杭州的火车票。

我深信，将拳头抡向他小腹的同时，我的状态一定会恢复常态。

4

火车继续行驶着，进入多山地带，车窗外的高山起伏连绵。

火车里的温度越来越低，已经有许多乘客从箱子里翻出外套盖上。走得匆忙，我没带外套，毛孔紧急集合般在皮肤上立正，我只得用手掌轻搓着双臂取暖。

K968，这趟车次我再熟悉不过，七年前父母因工作从老家前往杭州，乘的就是这班车。离乡越久，思乡情绪就越浓。高考后填报志愿，我有意报考了老家的大学，想借此少回杭州，没想到女友却被杭州最好的大学录取，一有假期她就逼我来杭州看她，于是再次与K968结下不解之缘。

现在，父母已调回老家，我与女友的缘分也走到了尽头，完成这次“复仇”任务后，我将彻底与杭州城说再见。

车内正前方的屏幕里正在播放一个访谈节目，青年富商侃侃而谈，介绍着自己的成功经验。这个富商我认识，四十岁不到却拥有了庞大的家业，被称为业内奇迹，高中时还受邀到我们中学演讲过。这个视频录了起码有三四年，我坐这趟班次去看女友每次都能在这个点儿看到他出镜（如果不晚点）。在他说完豪言壮语之后，我看了看车窗外的行进情况，然后习惯性地戴上耳机，刚按下手机音乐的播放键，整个车厢内就暗了下来，伸手不见五指。

火车进入了隧道，车厢里的灯却没有亮起，轰隆轰隆，只有车厢震动的声音告知着火车仍在前行。在我看来，火车更像被巨型怪物吞噬，车厢孤单地在怪物肚中前行，前方黑暗而又潮湿，空气中也弥漫着一股糜烂的气息。

我从小患有一种叫幽闭空间恐惧症的毛病，年幼时在家里睡觉，我总是开着灯，要么就不拉窗帘，让外界的亮光照射进来才安心。身处看不到阳光的密闭区域时，就会产生奇特的幻觉，这种幻觉折磨着我的心灵、肉体，就好像将你关到一个小房间之后，忽然将房间里的空气全部抽空，任由你仰着头大口呼吸，气管却像上了塞子般无法透气。

我第一次坐K968的时候毫无防备，被突如其来的黑暗吓得不轻，我喘着粗气，浑身颤抖着，狂躁到一头撞向火车窗玻璃。现在这一状况有所好转，计算好时间，在进入隧道前我会戴上耳机闭上眼，让音乐在我的耳膜边流泻开来，旋律将顺着血液游遍全身。

火车在隧道中将会持续三分三十八秒，一分不多，一秒不少。或许就是因为时间不长，所以车厢内才没有开灯。我迫使自己安静下来，将所有的注意力集中到听觉之上。

我一直在寻觅，寻觅着你的身影。黎明的街道，落樱的小镇，虽然明知你不在那里。若愿望能够实现，我要立刻到你身边。已经不再害怕什么，即使付出一切，也要将你抱紧。

当“也要将你抱紧”的歌词搭配着旋律从耳机中倾泻而出的时候，我睁开了眼睛，看着车厢恢复了明亮，看着车厢外的景象由山路转换成了田野，看着身边的陌生大娘朝我翻了翻白眼。

下午五点二十分，火车到达杭州南站。南站就是以前的萧山站，离杭州市区还有四十分钟到一个小时的车程，距离我的中学和女友的大学却很近，步行只要十几分钟。

我要去一趟以前的高中，女友的闺密兼大学室友小佳毕业后在那里实习。找到她，然后从她嘴里套出些挖墙脚男人的信息，是我计划的第一步。

但在这之前我必须先填饱自己的肚子。近十个小时的车程让我饥肠辘辘，前胸贴后背。

我花了十五分钟时间走到了学校附近最火的步行街，熟悉的葱油和地沟油味道仿佛让我回到了青葱的高中时代。

步行街由数十条小街小道组成，它们七弯八绕、曲里拐弯宛如一座迷宫，如果不是经常走，一定会迷失在里面。这对于高中就谈恋爱的学子来说，无异于一道天然屏障。他们摸透了这里的地形，两两出现在步行街中，凭借着迷宫般的地形与闻风而来的老师打起“地道战”，每每都是有惊无险，化险为夷。步行街也由此成为每个地理老师强调课程重要性的最生动例子。

然而姜还是老的辣，此招对于栖息于萧山超过十年以上的老江湖基本无效。我还记得那一天，我和女友到步行街买衣服，刚要踏进服装店就发现班主任尾随其后。七弯八拐后我们摆脱了老师的追踪，正当我俩暗自得意互捏鼻子的时候，女友的父亲出现在我们面前。

“回家。”女友的父亲说道，一把拉过不知所措的女儿，狠狠地瞪了我一眼。

我当时也豁出去了，拦在他们身前不让女友离开，却紧张得说不出任何话。

“离我女儿远点儿，你配不上她的。”女友的父亲一手将我拽开，然后当着我的面甩了女儿一巴掌。

对于这段经历，我们后来都没有再提起过，它就像一段长满刺的荆棘，埋入了我俩的心里。

坐在拉面店里的我回忆着当时的情景，然后挑出碗里最大片的牛肉，吃掉。这家店店面不大，只有四桌，但生意很好，我高中时常来吃，大学时有假期回来也必定光顾。老板是个精瘦的中年人，看到我来，在我对面坐下，将一大盆香菜推到我跟前。他知道我很喜欢吃香菜。

“有大半年没来了吧，还在读大学？”老板乐呵呵地问我。

“是啊。”我回答，用筷子夹了好多香菜放入碗里。

“今天怎么是一个人？”老板摸摸额头。

“分了。”我说，看到旁边那桌上的两个男青年开始拿筷子互相喂面。

“这样啊。”老板说，“还没放假呢，你就回来，是有点反常。”

“我回来是教训那个第三者的。”我坦白地说，握紧拳头。旁桌的两个男青年双手交扣，如胶似漆。

“听老哥一句，好女人多的是，不值得。”老板拍拍我的肩膀。

“我已经决定了，你也别劝我了。”

“你心里有底吗？”老板看来在为我担心。

“我是高中县里搏击赛亚军。”我吃完拉面，用纸巾擦嘴，“要不是因为要参加考试不得不弃权，我应该是冠军的。”

“哦。”老板点点头，“总之还是小心点。”

“那边两个人是怎么回事？”我低声问老板，两个青年终于将那碗面互相喂完。

“你注意到了啊？那个皮肤黑一点的男孩本来是个扒手，半年前的一天他在我店里面偷人皮夹。哦，偷的就是他旁边白净小青年的皮夹，那白净小青年是个……用现在的话说叫‘同志’，当时他们还不认识。白净小青年把皮夹放在牛仔裤的后兜里，扒手男孩去偷皮夹，结果白净男孩就以为扒手是在摸他的屁股。”

“然后呢？”

“后来他们就好上了。”老板说。

我震惊了一下，说不出话来。起身付完钱将皮夹放回兜里，我还是没从刚才的故事中走出，直到腿部出现触感，放回兜里的钱包不翼而飞，而两个男青年飞快地向门口蹿去。

“忘了告诉你，后来他们就成了作案团伙。”老板无奈地抬起手，让我赶紧追上去。

一个本不是同志的扒手成了同志，本不是扒手的同志成了扒手，这个世界真的有点疯狂。

我像箭一样地冲了出去，很快锁定了两人的行踪。这两个人也算机灵，在岔路口兵分两路，想让我失去判断。奈何我的皮夹过大，而白净青年的臀部后方又肿起一块，我始终紧随其后，随着他在迷宫中东拐西绕。

被我追上的时候，他干脆奉上钱包，然后半蹲着喘大气，不解地问：“兄弟，咱们是同行吧？跑了这么久你都没被绕晕，一定是踩过点儿的。”

我本想给他一拳，却迟迟没有下手，最后只是叹了口气，离开步行街。

5

华灯初上，街道旁被暖色调的灯光包围。我看了看时间，已经是傍晚六点，这个时候作为实习老师的小佳应该正在值晚自修的班。我不再耽搁，径直去了我曾经上过的高中。

校门像四年前那样敞开着，我在传达室做好登记，熟识的值班大爷变成了一个脸生的青壮小伙，时不时低头注意着手机屏幕上的大盘走势。我拿出学生证说我是以前的校友，他点点头放我进去。

漫步在校园里，看着三三两两的学生背着书包、拎着大包小袋往校门方向走去，我才意识到今天是周六，学生下午就已经放假。连大多数住校的学生都在收拾东西回家过周末，更不用说实习老师小佳了，今晚压根没有晚自习。

一对少男少女从我身边经过，虽然两人刻意保持着距离，但是从他们的眼神和表情来看我敢肯定他们是一对情侣。我的目光跟随着二人经过长满荷花的池塘，经过被藤蔓爬满的长廊，最终目送着他们走出校门，登上停在校门口的公交车。在登车的一刹那，我仿佛看到两人露出挣脱枷锁般的笑容，以及紧紧扣到一起的双手。

我在他们身上看到了自己的影子。高中生涯，每天晚上放学我都送女友回家。她家在县城的最东面，从公交车上下来之后，还需要经过一条长长的堤坝，堤坝旁种满了茂密的楠树，楠树上挂着牌子，写着种植它们的人的名字。

其中有一棵缠着粉红色发带的楠树是我和她一起种下的，她说这么做的目的有三个。我问是哪三个，她说，首先，这棵树苗会像我们的爱情一样茁壮成长，这是一种见证，电视剧里都是那么演的。虽然觉得有些老土，但我还是说很好；那第二个目的是什么？她说，以后她会将不想要的东西全部埋在这棵树下，楠树见证爱情的同时，还能见证她的自我成长。我说，那很好。

第一年，她将家里的芭比娃娃、毛绒狗玩具装进麻袋，埋入土里。我边帮她填上土边说，你吃错药了？她解释，这是在和自己的幼稚说再见。我擦着汗说，其实拥有童真也没什么不好。她说，走上社会会吃亏的，生活就像走路，你永远都要给自己留一条后路。

第二年，她将满满一大沓光碟在树旁摊平，然后盖上泥土。那些是她曾经追过的电视剧。我在树荫下乘着凉，看着她完工后累得倚靠着楠树喘气，问道，埋光碟又有什么讲究？她说，这是在和不着边际的浪漫童话说拜拜。

第三年，当她将刚获得的证书埋入土里的时候，玩着手机的我立刻抢答道，我知道了，你是在和虚无的功名利禄说再见。她说，哦，其实证书上他们把我的名字写错了。

然后又过了一年多，我忽然反应过来，于是打电话问她，你当年不是说种树有三个目的，你却只说了两个，最后一个是什么？她回答说，最后一个目的有点恐怖，你别怕。我说，你再不说而且还用这么阴森的口吻忽悠我我就真怕了。她说，如果有一天你找不到我了，那么就去那里看看，我一定被埋在树下的土壤里。我说，我靠。

现在想起这个对话，我还是有些毛骨悚然。我走在教学楼的走廊上，空无一人的长廊显得空旷而悠远。我唱起小曲给自己壮胆，结果脱口而出便是费翔的“归来吧，归来哟”，连我自己都给吓了一跳。

我很快找到了高中三年待过的教室。在窗口外探视，里面黑压压的什么也看不清。我打开手机上的手电筒应用，明亮的光束立刻照亮了窗边的位置，那是女友曾经坐过的地方。

整个高一，她的座位都在窗口，她很怕油，觉得食堂的空气里都包裹着油渍，所以不肯去食堂就餐。我总是先去食堂打来她爱吃的饭菜，从这个窗户口传进去，听得她说声“跪安吧”才屁颠屁颠地回食堂吃饭。久而久之，这窗口也被称作外卖特快，据学弟学妹们说称号一直持续到现在，但已经不知道典故由何而来。

几年过去，原本墨绿色的木制课桌被换成了黄面金属桌，桌面上还印着海贼王打斗的涂鸦，一看就是男生画上去的。

物是人非，至少还能睹物思人。物非人非，剩下的，只有记忆罢了。然而记忆终究将在时间的长河里消融，化作虚无。

太阳西下，我离开高中校园，坐公交前往女友曾经就读的大学。女友的闺密小佳仍然在那里读研，只在晚自习和没课的时候去中学实习、当班。大学校门和高中仅仅隔了两条街，三站路之后我下了车，在校园里转了一圈后，走向研究生宿舍。

中途路过宿舍下面的车库，我隐约看到暗角里有男女激战正酣。这个年纪的大学生，情难自禁的时候做出这样的事情也情有可原，不过却让我情何以堪？我呆呆地在那里站了有大半分钟，换成以前的我，一定会忍不住上去互动一下：号上一嗓子、扮鬼叫抑或干笑几声捣捣乱什么的。而现在，我却选择把外面的自行车移好，帮他们挡住视线，然后，转身离去，深藏功与名。

我冒充多年未见小佳的同乡，在宿管阿姨的花名册里找到了小佳，她正巧住在这一幢的302。阿姨让我留在一楼，热心地跑上去替我喊人，不到五分钟，身穿一袭白色连衣裙的小佳就走下来，脚上还穿着一双黑色的人字拖。

我们去了宿舍旁边学生开的咖啡馆，落座点好东西，小佳就问我：“你们到底怎么回事？”

我没想到她这么直接，就说：“还能怎么回事？我们分手了，因为一个男的。”

她说：“我知道，那个男的总是来找她，但是读本科四年林月根本不理他，怎么会忽然就答应他了？”

我说：“什么，一直持续了四年吗？她从来都没有告诉过我，分手前一年我才知道那个男人的存在，我还以为他们是毕业前夕认识的。”

她摇摇头说：“不可能，她这么爱你，我们寝室的人有目共睹。那男人离过婚、年纪又大，她不可能喜欢。本科的四年来，你不知道他给林月送过多少东西和电影票，但都被林月处理掉了。大学，照理应该放松放松了吧，课余有男生约林月出去玩，她都拒绝了，连我们叫她出去购物她也是笑着说，一会儿还要和你视频。”

我说：“哦，不重要了。你一定有那男人的资料吧？QQ、微信、人人网、电话号码、住址，只要你知道的都请告诉我，我要找到他。”

“我怎么可能有！”她说，搅动了两下咖啡杯里的调羹，忽然抬头又说，“哦，那男人曾到我们寝室来给林月送过水晶，当时好像还留了张名片，我虽换过寝室但东西都保留着，我上楼给你找找？”

6

接过名片的那一刻，我有种解脱的感觉。

小佳想起什么，忽然喃喃道："奇怪啊。"

"奇怪什么？"我问。

"我记得你有我的电话号码的。"小佳说，"去年你到学校来给林月过生日，我们互换过号码。你想知道那男人的信息，打个电话给我询问就可以，为什么还专门赶过来一趟？"

"我换了手机，号码就全没了。"我胡乱回答，付账道了声谢后转身离开。这个时候天已经全黑，像一张悬挂着的深黑色毛毯。

出了学校门，公交车站近在眼前。我登上公交车，坐在最后一排靠左手边的位置。高中时候，每次送女友回家我都会坐这个位置，而她就坐在我旁边。书包横亘在我们之间，为的是遮挡交扣在一起的双手。

窗外下起了小雨，地面在灯光的照耀下泛着黄光。

让我最后一次回味这样的情景，也在这样的情景里结束我的旅程吧。我闭上眼睛，握着的却不再是细腻、洁白如糕点的女友的手，我的手心里只有一张揉捏得皱巴巴的名片，名片正中印着"祝成彦"三个字。

祝成彦就是小彦阿哥的名字。海外留学归来的第一天，他大摆筵席请客吃饭，同时也将名片发给了在座的每一个人，我当然也不例外，收到了他的名片，名片上印着他的电话号码以及家庭住址。酒过三巡，小彦阿哥坐到我的身边，告诉我，他或许找到了我失踪的小叔。在大学的澡堂里他遇到过一个屁股上有着两颗痣的华人，洗完澡后他跟踪那人并打听他的背景，那人在斯坦福大学读MBA，无论是年龄还是经历都与我走失的小叔吻合。

是的，我一直有小彦阿哥的联系方式。女友告诉我，有一个离过婚的“海归”在追求她时，我也猜到了小彦阿哥就是那个第三者，当时我无疑震惊了，我想不出小彦阿哥为何会做出这样的事情。昨天，是我故意扔掉小彦阿哥的那张名片，策划了今天的旅程。周六出发、向小佳询问第三者状况，都在我的计划之中。

来杭州给第三者一个教训，其实只是一个借口，一个开启这段旅程的借口。你永远都无法叫醒一个装睡的人，毫无疑问，我一直在装睡。

K968列车上，有我和女友最深刻的回忆。大学第一个寒假，女友让我回杭州看她，我说好，然后又苦着脸在视频里告诉她，自己很忌惮火车进隧道时的那段黑暗。第二天，她竟然不声不响地出现在我宿舍楼下，帮我打包、收拾东西，然后再一起坐火车去杭州。

在火车进入隧道之前，她让我戴上耳机闭上眼，按下手机的音乐播放键。伴随着轻柔的音乐，我紧绷的神经稍稍有所放松。

是她告诉我，之所以会害怕，并不是害怕黑暗本身，而是不知道黑暗会持续多久；是她告诉我，火车会在这段隧道中穿梭三分三十八秒，然后光明与美好会重新来临。歌曲播放的时候，女友紧紧握住我的手。我的手心早已被汗水浸湿，就在我的忍耐即将到达临界的时候，我听到了这样的歌词：

若愿望能够实现，我要立刻到你身边。已经不再害怕什么，即使付出一切，也要将你抱紧。

我睁开眼睛，女友那柔软的朱唇与我的嘴唇相印，我觉得这个世界都要融化了，黑暗也适时地随之消融，阳光洒在车厢里每个人的身上，也落在女友的肩膀上。那是我的初吻。

步行街，是我和女友第一次约会的地方，也就是那一次，她将编织好的围巾套在了我的脖子上，那是她用多余的团费买来毛线，亲手为我织的。我的确已经忘了当时的感受，只记得我在心中暗暗起誓，我要一辈子对她好，不论发生什么事情，我都要守护她。

空荡荡的高中教室是我曾经表白的地方，那一刻的我们抛下了所有的包袱，能想到的，就是在一起，即使家长被叫到学校，我也无所畏惧，还故意当着办公室老师的面对女友父亲鞠躬叫了声岳父。

而大学的校园里，处处都留下了我们成双的身影。因为我们曾走过，校园里的每一棵树木都显得格外青翠，每一片云彩都变得分外纯洁。

一个女孩能有几个七年？在如此花样的年华里，异地恋的我却不能陪在她身边。而她，拒绝了别人的邀约，关上了属于这个年纪该有的萌动大门。所以，她只能将所有的情感倾注到与我电话、视频的交流上，所以她才会将每一次的交谈看得如此重要。

我会因为一个人，爱上整个校园、整片街道、整座城市。而当我意识到这点的时候，我发现可能再也没有机会回到这里，每一次停歇、每一次眺望、每一次回眸，都是最后的诀别。

我的眼睛里噙满了泪水。公交车在最末一站停下，然后掉头，只将我一人留在那漆黑的河堤旁。

我打着手电，费了好大工夫找到了当初的那棵楠树。树枝上的丝带已经褪色泛黄。我挖得很深，但却没有在泥土里挖到任何东西，那些久远或新埋入的物品，看来已经被人刨出来。其间还钻出来一只黄鼠狼幼崽，我蹲下小心翼翼地问："林月？"它没有理我，自顾自地跑了。我松了一口气。

小彦阿哥在斯坦福碰到的那个华人，就是火车荧屏上出现的青年富商。年幼的他与家人走散，似乎又受了刺激导致记忆全失。他被当地富豪收为养子，富豪膝下无子女，最终由他继承了全部家业。

你小叔也许根本没有失忆。酒宴上，小彦阿哥煞有介事地对我说。或许他压根知道自己是谁，记得父母的样貌，甚至记得回家的路，只是他不想记起而已，他是在装。

我拿出手机，对照着名片按下了小彦阿哥的电话，手举在半空中良久，却始终没有按下拨出键。

小彦阿哥说生活像裤衩，女友觉得生活像走路。其实生活就是那样简单的存在，它并不是什么。只有当人们企图用精准的词汇、规则概括它，自认为占据了生活的主动权时，生活才会变得复杂、杂乱无章起来。就好比你认定了马就该是白色的，那么一匹枣红色马的出现都会颠覆你的世界观。小彦阿哥也是同样的道理。

我用退格键擦去小彦阿哥的号码，自己都没回过神来，手指就像有东西附体那样自动按下一串数字。

我有时候在想，倘若人丢失了情感，这个世界会变成什么样子。

想着想着睡着了，我梦到自己来到一片金黄的田野上，一只只有两三米高的螳螂正在用自己镰刀一般的前肢收割麦穗，鸵鸟蛋般乌黑巨大的眼睛时不时地瞟向我。然后画面一转，我又回到了那个漆黑的车厢中，空气被巨大的针筒抽离，我被看似存在的空间越挤越扁，“砰”的一声消失不见。

我的小叔，他一定是真的失忆了。如果他能记起，我想，不论身处何方，他肯定会不顾一切，穿过荆棘丛莽，回到我们的身边。

我拨通了女友的手机。

我很紧张，紧张得甚至觉得手机像一颗心脏，在我右手中收缩跳动，我稍微走神它都有可能从我手掌中跃出。

柔和的彩铃声最终让不安的心趋于平和。

我一直在寻觅，寻觅着你的身影。黎明的街道，落樱的小镇，虽然明知你不在那里。若愿望能够实现，我要立刻到你身边。已经不再害怕什么，即使付出一切，也要将你抱紧。

我注意到树枝上的丝带开始随着我的脉搏跳动起来，我想伸手触摸它，一阵风却将它从枝头带走，吹向那看不见的远方。

展昀的风颦殇

这一剑，却迟迟没有落下。

剑在寒风中。

1

那真的是自己想要的吗？

还是，只是又向无尽的深渊迈了一步？

展昀尽量不让自己去想这些事情。他明白现在该做的，是凝神定气，坚定决心去完成那件事。

大理寺丞展昀在归途中。

寺丞司职卷宗、案件复审，十余年里，展昀平反的冤假错案数逾百宗。别人入了大理寺，好比执起阎罗笔，展昀却不同，他断案之笔大多用来救人。因为在他眼里，挽救生命比取人性命更有意义，律法的初衷本就为了救世，严苛的大明律也不例外。

生命的可贵，展昀比任何人都要明白。

然而现在，经过近一个月的车马劳顿，展昀即将返乡。

他要杀一个人，亲手将剑刺入那人的喉咙。

阳光熹微，如水般洒落，在平整的路面上静静流淌。

马车自北徐徐行来，没有车辚马嘶，听不到鞭声与吆喝，有的只是车前蹲坐着的老人，以及车轮滚动发出的摩擦声。

老人盯着浅灰色的车辕不语，右手握住马缰。一只枯枝般干瘪的手，瘦得仿佛只剩下骨头，无法想象它曾持一杆长枪挑了赣南七大寨，抄了山大王们的老巢。

现今，马缰就在手里，老人却好似无力勒紧，只能由着马儿向前迈开蹄子，缓慢前行。

展昀正坐于车舆中，道路由崎岖趋于平稳，他渐渐睁开眼睛。

没有了乌纱，褪去了方补袍、玉革带，身着粗制盘领衣的他面有病色，眉心那如朱笔画上的一点，也隐没于深深的皱纹中。

十年宦海，展昀两鬓已透出点点寒星，不变的，只有那双眼睛，一如他离开故乡、策马边陲时那般坚定。

他少负侠名，十九岁从三边总督平定安化王叛乱，生擒叛军先锋、玄剑客石痕秋。那时的展昀，普天之下已无敌手。入京后，他遇到了恩师——当朝阁老杨廷和。也是从那时起他开始明白，能够救世的，永远不是手中之剑。

封剑从文，殿试二甲第一，二十岁出头编为庶吉士，先入吏部，后调大理寺，展昀初露锋芒。后遇“大礼议之争”，张璁投机献媚，杨阁老告老还乡，文官百余人于左顺门据理力争，皆获廷杖。

展昀永远也忘不了那天的情景，上百大臣被锦衣卫扒了下裳，光着屁股趴在太和殿下。平素满腹孔孟之道、先贤哲学的他们，此时只剩下无力的哀鸣，随着朱漆廷杖的起落，皮开肉绽，空气里满是血肉的腥味。

年迈的父亲没能熬过那次重罚，当晚逝于府邸。一月之后，母亲郁郁而终。同样挨了板子的展昀强忍着伤痛替二老操办了丧事，之后，心灰意冷的他辞官致仕。

廷杖击溃的不仅仅是文臣直吏的肉身，还有他们最后的尊严。

展昀开始酗酒，同僚常在酒楼中见其长醉不醒、口含秽物被几个仆人抬回宅邸。清醒时，他也是端坐着一言不发望着窗外，机敏多智的神断展昀，眼看就要成为一个废人。

心中理想俱灭，家人已故，展昀心无所念，他不知道自己该如何面对第二天的朝阳，只能一次次将自己灌醉。

直到那一天，老家传回消息，表妹丁弦月被害于凤辇山凤瑶亭外。凶手行凶后即被官府逮捕，打入牢中。

杀人偿命，理所应当。然而，短短几天内，审讯便出现了始料未及的大逆转。

凶手尤诺，武林世家尤家次孙，甚得尤家之主尤霞王喜爱。尤霞王不顾立长的家规，钦点其为继承人。

具有如此背景，加之尤家族人上下打点疏通，尤诺的杀人罪最终改判按过失论处，只罚了白银十二两四钱了事。那尤诺也是乖张邪门之徒，原本已得释放，竟在狱中夺刀险些将狱卒杀死，即便如此，也只多判了一月牢狱。

展昀振作起来。

老管家夏伯一早送粥饭到展昀屋里，他发现卧房中不再充盈着酒气。展昀背负着双手站在床边，仰头望着碧蓝的苍穹。

“夏伯，收拾东西。”展昀说。

“少爷，您要去哪儿？”

“回乡。”

马车继续向前。

车厢里很暗，窗上垂着深色布帘，随风轻轻飘动，像极了海上的波浪。展昀将帘子掀起，阴惨、冷清的光线就落在他瘦削的脸庞上，他又咳嗽起来。

车内有一张方桌，桌上摆着一个粗布包袱，一把不盈二尺的乌鞘短剑。这已是展昀所有的随身之物，圣人经典，乃至自己最爱读的史籍古册，都在临行前连同京城府邸，付之一炬。

展昀拿起短剑。剑鞘古朴陈旧，鹅黄色吞口爬满了斑斑锈迹，任谁都以为只是一把废剑，它的名字也已随着名匠铸剑宗传人的凋零，被埋没于江湖。

求凰刀、逐龙剑，曾经的两大名器，江湖中人梦寐以求的宝物。

求凰刀只攻不守，刀劲砭人肌肤，每每出手必染血归鞘。

逐龙剑则以守为攻，任他人劲气纵横，逐龙横置，若泰山驾临，岿然不动。

当年，展昀将求凰刀赠人，选逐龙剑为佩剑，便是因为它的不杀。习武至今，他没有杀过一个人，何其难得，每一次出手，也都是为了止戈。

但是这一次……

斜阳被浓云覆盖，淡墨般的阴暗笼罩了周遭。展昀忽然推开车门，轻轻跳了下去，马车也跟着停下。

“夏伯，就到这里。”展昀说，寥寥几个字，坚定而不容置疑。

“少爷……您……”老人嗫嚅道，“您要赶我走吗？”

展昀的眼中似闪过一阵泪光，转瞬却又不见，眼神恢复平静：“回松江府置办些田产，好好过日子，莫再挂念展家。”也不等老人回应，他将佩剑斜插入玄色腰带中，缓步往前而去。

老人知道多说无益，望着展昀的背影，忽道：“老奴不回松江，这就回京城等少爷，半年后老爷祭日，少爷可一定记得回京祭扫。”

展昀没有回答。半年之后会在哪里，他自己也不知道，对他来说，半年实在太过遥远，远到隔世。

眼见展昀越走越远，人影如豆，老人终于忍不住泪洒衣襟。明知他不会回头，还是等了三盏茶时间，最后才将马头掉转，单薄的身影消失在青色的雾霭中。

周遭暗了下来，田野、农舍、凉亭，一如泼墨中的场景，彼此的轮廓、线条都模糊起来。

暮色已浓。

展昀从城外的凉亭起身，入城。虽有十年没回，他还是担心被认出，所以选择天色昏暗时进入，路线也尽量避开闹市。不过，乡人显然已将他的面容遗忘，在路上碰到过去自家府上的长工，那小老头儿也没多看自己一眼，自顾自地拎着鸟笼吹着口哨，款款而行。

窄街上，华灯已初起。天空中微微下起小雨，灯光在雨丝里蒙蒙地亮着，青石板铺成的小路向前延伸。白墙灰瓦，门楼重檐飞角，两侧城垛般高耸的马头墙将路面挤得愈发狭窄。

羊肠小路鲜有来人，展昀朝前迈步，天地间静得仿佛只有他一人。天空成了藏青色时，展昀才回到自家老宅。宅子无人居住多时，木门斑驳，铜环上满是铜绿。展昀从包袱里摸出钥匙，费了不小的劲儿才打开生锈的门锁，推门进入。

幼年时，展昀的父亲就职兵部武选司，虽久居京城很少回乡，家中却从未冷清过。携礼拜访母亲的知州县丞、赋闲的候补官员，甚至形形色色的武林人士，也要将大门前的槛子踏平了。

展昀走入天井，花厅、堂屋、厢房内一片漆黑，夜风袭来，经由残破的窗纸，发出窸窸窣窣的声音。

天井里遍是杂草，已齐腰高，脚底时而踩到尖锐的瓦砾，虽不算痛，却隐隐难忍。

这里，本是展昀练剑的地方，簇拥在一片绿叶和香堇之中，每次下过雨后，地上便铺满了粉紫色的落英。

母亲则总是坐于花厅前刺绣，展昀刻苦与否，都看在严母眼里。只有表妹来到，他才有难得的休憩，手中的剑，也用来替表妹打磨各类戏具。

杨柳儿活，抽陀螺。杨柳儿青，放空钟。杨柳儿死，踢毽子。杨柳发芽儿，打拔儿……

儿时嬉戏的情景历历在目，展昀心中却漾起一丝凄寞。

表妹丁弦月幼失怙恃，被叔婶收作养女。叔叔原本只是普通茶商，跟着制造局太监办蚕丝发了横财，自家又有儿子，平日里免不了对弦月冷眼相待。表妹虽幼，也感受到叔婶一家的冷漠，她倒颇有傲骨，学着生火做饭，一个人在厢房里吃，衣服破了，向老嬷借来针线缝补，闷的时候，也不要老管家带着，自个儿往展家跑。

“我以后定要早早嫁出去，才不要赖在他们家。”表妹常常嘟着嘴说，小脸甚是严肃。

展昀则只是微微一笑，将所有琐事抛至脑后，带她玩遍自己所知的各种游艺。

所有的游艺中，表妹最爱玩抓子儿。练剑之余，展昀也会偷偷溜出去，到市集捣鼓来银砾、橡木，母亲熄灯就寝后，在被窝里偷偷磨成琵琶核大小的晶莹圆球。待表妹来到，让她指捻掷于空中，十余颗圆球腾起错落，缓急有别，展昀起初或许还应接不暇，日复一日，竟能闭上眼睛听声辨位，以掌心接，以手背承，尽数控于手掌之中，细数少了一粒，竟夹于双指之间。

所做的一切，只为博得表妹一笑。

弦月笑的时候喜欢抿住嘴唇，凝脂般的脸蛋上泛起粉色红晕。

如今，这张笑脸已然失去血色，深埋于黄土之下，任蟑虫、软蚓攀附，化为枯骨。

展昀紧紧握住逐龙剑鞘，指节已发白。

离开故里前，表妹曾央求带上她一起，展昀不从，她竟一个人偷偷跟出二十多里路，要不是遇到故人将她送回，怕是早已饿死在荒郊野外。

要是当时答应了表妹……展昀忖道，目视寂静的前方，不住地咳嗽。自己是冒着危险去边陲平乱，怎么可能带上一个十岁出头的女娃！他很快自我否定道。

可是，当时又为什么答应表妹得胜后便归来呢？他明明见识过表妹的任性，明白糊弄不过去的。

也许，连他也没有想到，那日一别，归来竟已相隔十年。

十年里，很多事情在改变。表妹的信函，从每月准时由役使送来，到半年都得不到一封。难得在亚岁前收到来信，寥寥数字，道的也尽是些礼节性寒暄问候。

一年前，听进京的老家人说起，表妹似乎有了心上人，那人叫尤诺。二八之年，本就是少女怀春之时，展昀并不感到讶异，只是有些担心。

尤诺在乡人中口碑不佳，他怕表妹跟着他会吃亏。果然，在媒妁将成之际，尤诺突然移情于伶人孙嫣，婚事也就此搁置。

之后，便有了那场发生在凤鞶山的悲剧：尤诺从蜀地办事返乡，约伶人孙嫣于凤鞶山私会。消息走漏被弦月得知，她提早赶到二人私会之地守着。

面对率先前来幽会的负心人尤诺，弦月究竟是怎样的心情？悲痛、羞愤抑或是绝望？

展昀不知道，也无法去想象，在他印象里，表妹永远是那个乖巧的小女孩，笑着叫表哥、表哥，浅浅的酒窝隐约浮现。

展昀只知道，表妹被尤诺杀害。行凶后，恰遇南邦三杰路过，那三杰皆是正直刚毅之士，哪里容得下尤诺犯下这等恶行，三人合力欲将其擒拿。

尤诺虽为名门之后，却干出龌龊之事，不再顾及什么儿女情长，出手挟持刚刚到达的伶人孙嫣为人质，逼三杰止步。

眼看凶手将要逃脱，三杰之首吕峥南以世袭手铳袭之，流火穿膛而出，却因出手仓促，击中了伶人孙嫣。失了人质，尤诺旋即被三杰合擒，押赴官衙。

起风了，薄云微掩月色，庭院里披上了一层银灰色的薄膜。

展昀踱步到墙边，倚靠着东墙闭上眼睛。将近半年，他都没有睡过安稳觉，他必须逼迫自己养精蓄锐。

距离尤诺出狱，只剩下两日了。

而在这之前，他有别的事情要做，收集线索，将疑问整合。

然后，他还要去见两个人。

2

疾风未住，骤雨初停。

飞舞的漫天秋叶中，夹杂着一片花瓣，随风打着转儿，在左暗雪视野里留下道道淡红，一如他脸上那道伤疤。左暗雪有一张轮廓分明的脸庞，若不是脸上的疤，他本该是很讨女人欢心的那种男人。

伤痕是缉拿贼人时落下的，那年他未满二十岁，刚做捕快。同行们睁一只眼闭一只眼应付巡街，他却较劲儿跟上那流贼，施展轻功紧追不舍，流贼被逼得走投无路，只得从纸窗蹿入一间茅屋。

那时左暗雪还年少，缺少经验，没有想到双手已被缚住的贼人还有能力纵身跃起。那贼人拉动袖口细绳，“嗖”，一支毒镖从胸前射出，镖上还沾染着墨绿色的汁液。

护住那家女孩的瞬间，毒镖已从左暗雪面门划过，他只觉有绿色的浅影在眼前晃过，面部随即涌过酥麻之感，头脑里一阵晕眩。

昏昏沉沉的左暗雪就这样遇上了孙嫣。他注视着她，已被严寒封了近二十年的心脏，忽然感受到炙热般的跳动。

孙嫣面容清秀，面色却如纸般苍白，身上散发着奇特的药香。替左暗雪处理伤口的那一双纤手，白如羊脂美玉，细致到看不到毛孔。左暗雪不禁热血上涌，一把握住。

仿佛一滴冰泉水落于掌心，沁凉之感徐徐四溢，很是舒服。左暗雪回过神来，知道自己失礼赶紧松开手，手掌上却留下了白色，如被脂泽粉黛抹过。

“这是……”左暗雪注视着手掌里的奇白。

“是药膏。”孙嫣说。

这便是她周身异香之源。天生奇病，见荤腥便无力，重则呕，需用大铛沸煮汤沃，清淡而食。后遇游方郎中，中药内服，药膏外敷，数十年如一日，症状才得以缓解。

母亲终不能忍，抛弃她和痴傻的父亲，与一武师私奔。为供养父亲，孙嫣与戏班班主签下卖身契约，携父随班主到此地学唱弋阳，虽清贫低下，倒也能温饱，平屋小而破旧，却至少有了容身之所。

“以后，就让我来保护你吧。”

左暗雪说，一颗心紧张得要从嘴里跳出来。

风停了，日渐正中，雨后的阳光落在左暗雪皮肤上，反而有些阴凉。

左暗雪走得很慢，脚步像灌了铅一样沉重，没走几步，就有些气喘，好似有无穷之劲，却使不出来。

街道很长，望不到尽头。

这条街道左暗雪再熟悉不过，过往这个时候，他常身着差服巡视经过。但是今天，他只穿了件灰褐色罩甲，最重要的是，右手上并没有刀。

十岁之前，他没有想过会成为一名捕快。江南左家，斋冷山庄，曾是与尤家齐名的世家，却因祖父在宫中坏了事，山庄尽毁，族人流散。

讽刺的是，接济他和母亲的，正是致斋冷山庄分崩离析的对头——尤家。那个荒唐不羁、无不敢为，嘴角总带着戏谑微笑的尤诺，也从此闯入他的生活，如巨大的黑影笼罩住自己。

“你要记住，你身上流淌着左家的血，总有一天左家失去的，要用你手中的刀夺回！”母亲苍老的面孔，被疾闪而过的雷光衬得愈发惨白、狰狞，深深烙印在左暗雪心里。

刀是银白色的，刀柄后缠绕着一根漆黑的锁链。攻击范围也因此得到延展，一刀发出，倘若被对手躲过，急拽锁链便能将银刀收回，或格挡或续攻，应变自如。

在左暗雪的童年记忆里，家也是漆黑的，唯有前厅中低垂的幔子，透出一丝黯淡的昏黄。

黄幔后的神龛供着牌位，只要他练功稍有松懈，或是遇事喜形于色，母亲便令他跪在神龛前，三天三夜不得起身。

慢慢地，他几乎忘记什么叫笑，母亲让他练刀，他就认真研习刀法，他变得像手中的刀一样冰冷，却从未想过用刀来对付尤家。母亲去世后，左暗雪入州府当了名捕快，几年来，败于他追风刀之下的贼人，名字已能写满一幅长卷。

但是，有时候，你不想去惹别人，别人却偏偏要来找你麻烦。

左暗雪犹记三年前，杳无音信的岭南雄寇忽然现身。一个月的时间里，他由秦岭追到了赣北，终在鄱阳湖之滨觅得雄寇身影。

追风刀甫一出手，便封死那贼人所有退路，任他轻功再高，天上地下，已无遁形之处。

剑光一闪，只一闪，冷冽的刀劲骤然消逝，就像白雾遇上烈阳，一瞬之间消散无踪。

一位紫衫青年横身挡在岭南雄寇身前。那青年手上的剑是把宽大的游龙剑，剑穗如金丝，剑柄上缀着一块青色玉佩。剑刚入鞘，他忽然侧身疾出一指，岭南雄寇尚未看清来势，已被一指点住，动弹不得。

是尤诺。

“你是助阵，还是来抢功？”左暗雪问道，直勾勾地盯着尤诺。尤诺脸上依然带着漫不经心的笑容，在左暗雪看来，既可恨，又讽刺。

“他现在还不能跟你回去。”尤诺说，自顾自地打量起身后的岭南雄寇。

“谁能想到这闻名天下的冷血巨贼竟是个小白脸，连把胡子都没有。”尤诺自言自语道，竟伸手触了触雄寇光滑的嘴唇。

“这是朝廷钦犯，胡来也要有分寸。”左暗雪说道，“让我带他回去！”

“当然，但不是现在。”尤诺笑道，“况且我跟了你这么久，最后却还是把他交回你手上，岂不枉费我这一个多月来的风餐露宿？”

“让开。”左暗雪失去耐心，握刀的右手青筋突起。

“没有商量的余地？”尤诺问。

“让开！”左暗雪的声音在颤抖。

“拔出你的刀吧。”尤诺说道。

左暗雪瞪着尤诺，眼神变得如剃刀般锐利，多年来压抑着的怒火，在这一刻全然倾泻而出。

他出手了。

刀光流转，惊鸿掣电。这一击，左暗雪已用上全力。

尤诺也动了。

还是剑光一闪。

漫天的刀劲，忽然就被这缓慢的一剑化解，眨眼之间，剑光已直逼刀脊，蜻蜓点水般悠然一触，左暗雪只觉手腕酸软，再无法发力，银刀脱手，插入泥地之中。

左暗雪目眦欲裂，还保持着出刀的姿势，浑身却已僵硬。

他不敢相信，自己最为得意的追风一刀，竟这么轻易就被尤诺化解。

“好了，我要放他走了。”尤诺则收起剑，瞧了瞧呆滞的左暗雪，试探道，“不说话就是默认了哦。”他反手解开岭南雄寇的穴道，那贼人哪能错过如此逃生之机，几个起落，人已在几十丈外。

岭南雄寇延续着逃亡未被缉捕的记录。

不过，这一记录仅仅向前延伸了一小步。

五天后，岭南雄寇不知被谁五花大绑送至左暗雪当差的衙门口，昏迷不醒。一个江洋大盗，竟然穿着长袍大衫，看上去十分别扭。

左暗雪这才知道，沉寂许久的岭南雄寇之所以重新现身，是为赶去老母亲的八十寿辰，江洋大盗的母亲，却是再普通不过的庄稼人。然而虽是孝心可赞，终不能抵他犯下的罪责。

捉他归案的人，也毫无疑问是尤诺。

左暗雪感受到了深深的侮辱，他觉得自己像一只失去利爪尖牙的狮子，被人肆意戳弄腹皮软肋，完事还在狮喉里堵上一块朽木，想要怒吼，却又发不出声。

但他终究还是忍了下来。

尤诺的挑衅却在继续，这次的目标却是伶人孙嫣。

尤诺撕毁先前婚约，频频向孙嫣示好，只要孙嫣登台，他每场必到。再后来，干脆不顾族人反对，替伶人孙嫣赎身，出资给她开起布庄。

左暗雪看在眼里，却毫无办法。他知道，这些是自己无法给予孙嫣的，他当然也无权勒令孙嫣放弃。

左暗雪只能逼迫自己更尽心于公务，专挑些去外地公干的任务，以此来疏远孙嫣、忘记孙嫣。越是如此，却越刻骨铭心，空闲下来的时候，脑子里总被孙嫣的音容笑貌填满，痛苦不堪。

“你以为这样我就找不到你了？”

一次公干归来，孙嫣竟守在自家门口，也不知等了多久，被秋风冻得脸孔发紫。

左暗雪不知该说些什么，抿嘴傻站着。

脱离伶人身份，追求更好的生活，自己有什么权利指责孙嫣？

“等尤诺从川地回来，我会把不属于我的统统还给他。”孙嫣说，转身离开。

秋风呼啸，稀疏的垂柳在风中摇荡，细梢上已看不到绿色。

左暗雪终于停下脚步。

长街旁出现一家酒店，门面不大，招牌也已剥落破损，让人联想到老人的牙齿。

左暗雪径直走了进去，酒店里人很多，堂前众人喧闹的猜拳、赌酒声，小二的吆喝声充斥了他的耳朵，他却好似听而不闻，默默走到角落里，背靠着墙面坐下。

他要了一壶茶、一碟花生。用筷子夹起粒花生，就着茶水吃下，不紧不慢地咀嚼着，望着身前空空的座位。

这是过去他和孙嫣常坐的位置。现在，桌上既没有陈酒，身前也不见孙嫣。孙嫣受火铳之伤，已卧床近一个月，左暗雪没有前去探望过一次。他辞去了捕快之职，每天中午只是到这家酒店，点一壶茶水、一碟花生，静静地坐着，等到日薄西山，再如行尸一般离开回家。

他仿佛在等待什么，时间对他而言就是一幅空白的卷帙，他已不知道用什么将它填满，每下一笔，都成了煎熬。

今天，想要离去，恐怕不如平常那样容易。

邻桌的虬髯大汉分明认出了左暗雪，眼睛像把刷子，在他身上来回刷了数遍，最后停留在他空空的右手上。

果然没有带刀。

虬髯大汉腾地站起，右手按住腰上的剔骨尖刀，左手往桌上一抓，那酒坛子被他蒲扇般的大手抓住，竟显得那么小巧。

他好似壮胆般灌完坛中酒，大步走向左暗雪，朗声道：“铁捕大人可还记得小人？”

这一声如同霹雳，酒店里顿时安静下来，食客们看出大汉并非善类，纷纷低头不语，静观其变。

左暗雪放下茶碗，微抬起头看了眼虬髯大汉，道：“不记得。”

“那可还认得这把尖刀和这只断指？！”虬髯大汉豹眼凸出，持刀的右手上，小指果真缺了一大截。

“我现在有些后悔。”左暗雪说，“应该砍断你的拇指，你便不能再握刀行凶。”

“穷捕快，还嚣张！”虬髯大汉怒道，刀已出鞘。

横刀砍下，刀风呼呼，刮得左暗雪面皮生痛。那尖刀至左暗雪面门却忽然收住，刃口离他鼻尖不足两寸。

左暗雪安静依旧，甚至没有眨眼，夹起花生，就茶吃下。

他忽然盼望这刀能砍下，鲜血溅起的时候，一切禁制与枷锁，说不定也会随之消失。

“你不信我会砍这刀？”虬髯大汉粗壮的手臂在颤抖，小拇指上的空虚感越发强烈。

他从同伙那得知左暗雪不再带刀的传闻，但是没有刀，真的代表他毫无还手之力吗，会不会有着更为可怕的后手？但是，这刀又是必须砍的，酒店里这么多人看着，对方连动手的意思都没有，自己没有理由认㞞。

虬髯大汉犹豫了，满头汗水，倒像他才是即将被砍的人。

这时，一个男人走了过来。这人一袭青色盘领衣，腰间斜插着把乌鞘短剑，似乎已观察墙角两人许久。

“你从来不喝酒？”男人对左暗雪道，在他对面坐下，没有看虬髯大汉一眼，仿佛他根本不存在。

左暗雪的视线落在男人双眉间那一朱点之上，说道：“戒了。”

“你今天免不了要买酒，为什么不一起喝点？”男人说，声音浑厚盈耳，身上也有种大海一样的深沉与稳重，只是眸子深处，似乎有一种难以言明的黯然。

“我为什么要买酒？”左暗雪说道。

“因为你得请我喝。”男人道，温暖的笑意从嘴边一直流溢到眼角。

“凭什么？”

“凭我救了你。”男人道。

两人若无其事地坐着说话，竟未将举刀立于一旁的虬髯大汉放在眼里，那大汉面皮犹如火烧，持刀的手臂后摆蓄力，猛地一刀再次朝左暗雪挥出。

这一刀砍得太突然，左暗雪右手持筷，左手托着茶碗，背后就是墙壁，根本无法招架，无处躲避。

尖刀已沿左暗雪脖颈斜划而下。

酒客们侧目不敢直视，胆小的甚至捂住了眼睛，疾声高呼。

没有一滴血溅出来。

左暗雪还在座位上嚼着花生，只是嘴唇发紫微抖，面色却是通红的。

临近死亡的那一瞬，他到底是紧张恐惧，还是兴奋期待？

虬髯大汉惊得眼珠凸暴，好似要掉在地上。右手上那把尖刀只剩下刀柄，刀柄上方残留不足半寸的白刃。三尺长的利刃，竟从刀根处齐整断裂。

原来，虬髯大汉先前摆臂蓄力之时，坐在左暗雪对面的男人忽然出指在刀面上一弹，这轻描淡写的一击，却将尖刀震裂，白刃尚未挥出就与刀柄脱离，失去灵魂般掉落于地。

虬髯大汉一张面孔现在变成了酱肝色，但他的速度显然迅猛了许多，如风般逃出酒店，连地上的断刃都没来得及捡起。

“掏银子买酒吧。”男人道，好像刚才发生的一切都与自己无关。

酒已上桌，陈年的绍兴花雕，桌面上却还是只有一只酒杯。

“你真的不喝？”男人问道。

“不喝。”左暗雪道。

“可惜了好酒。”男人笑道，琥珀色的酒水已斟入杯中。

“为什么救我？”左暗雪叹道。

“因为我有些事情不明白。”男人啜了口酒，却咳嗽起来。

“什么事？”

“你为何封刀，又为何滴酒不沾每天只能到这里喝茶？”男人道。

“世上的事不一定都有原因。”左暗雪说。

男人笑笑，起身背负着双手。酒店木窗外又下起雨来，雨如珠帘。

“我听闻江南左家有种刀法，修炼时间短而速成。一旦练成，需远离酒色，不可再催动真气，等到决战来临，毕其功于一斩，刀劲将十倍于平素。”男人说，“不过，左家人却视此刀法秘籍为妖物，家规明令禁止族人修炼，你说这是为什么？”

左暗雪脸上升起诧异神色，舌头也像打了结，说不出话来。

“因为这一斩已超出常人承受极限，出刀者将全身力竭而亡。”男人说，“换句话说，这是玉石俱焚之法。”

“你是谁？”左暗雪前额沁出细密的汗珠。

"我有个表妹，叫丁弦月……"男人说，深邃的目光望着窗外出神。

"展大人……"左暗雪道，虽未见过展昀本人，神断大人的名号却早已如雷贯耳，"你果然回来了。"

男人苦笑，他知道自己已回来得太晚。

"这么说，你是回来诛杀那个人的？"左暗雪像是在想些什么，右手习惯性地去拿桌上的酒壶，到跟前才想起自己并不能喝酒。

"我说过，我只是有些事情不明白，来问问你。"男人说。

"现在你已问完？"

"远没有。"男人转过身看着左暗雪，"凤鞶山事件，遭凶犯劫持的孙嫣被火器所伤，重伤卧床至今，你为何没有去探视过？"

"为什么我要探视？"左暗雪犹如被戳中伤口，微微垂下头。

"你和她的事情，我已知道。"男人叹道。

"神断大人真是名不虚传。"左暗雪冷笑道，"那大人是否知道，她为何会被吕峥南老爷子的手铳击中？"

"当时凶犯劫持孙嫣为人质，妄图脱逃，吕老爷子点燃手铳，却产生偏差误伤了孙嫣，这是世人皆知的。"男人说道，重新入座。

"连大人也这么认为？"左暗雪道，"大人在京城应该见过吕老爷子用铳。"

"的确。"

"手法如何？"

"填弹发射，只在一瞬，百年内怕是无人能及。"

"昔日神机营先锋，生涯绝不虚发、从未失手的第一火铳手，又怎会在这种时候出岔子误伤人质？”左暗雪道，目光落在桌面上，眼中尽是落寞之色。

“哪有什么绝对？时间长了，总会有失手的时候。”男人说。

“那大人你说，为何偏偏是这次会失误？”左暗雪反问。

“我还不清楚。”男人道。

“我却知道……因为那并不是失误，世人都误解了吕老爷子。”左暗雪阴着脸，“在吕老爷子瞄准凶手、铅弹劲射而出的关头，有人心甘情愿替凶手做了挡箭牌。”

“你是说，人质孙嫣不顾自己安危，反倒去帮劫持她的凶犯挡了铅弹？”男人有些意外。

“是。”左暗雪说，心中却涌上一阵痛楚。

“有没有这种可能……”男人很快想到另一种假设，“其实是凶犯拿孙嫣当遮挡，而不是孙嫣主动替他去挡？”

“凶手自始至终都不是真要伤害孙嫣，劫持她，只是为了制约前来的南邦三杰，使自己能够顺利逃脱。”左暗雪道，“孙嫣中火铳之后，凶手便不再抵抗，他紧紧抱住孙嫣，直呼请良医。”

“说什么要把不属于自己的东西还给他。自始至终，他俩才是绑在一起的那对儿，就算被那人用刀剑劫持着，她也要牺牲自己保全他……”左暗雪有些哽咽，声音也已沙哑，“我终究还是比不上他，无论相貌、家世、武功……”

“所以你就练了那种邪门的刀法，哪怕与他同归于尽？”男人道，面露同情。

“我只希望你能把那个人让给我，让我来结束这一切。”

“用那种刀法，你就能杀得了他？”

“我不知道。”左暗雪说，指甲在桌边沿留下深深的痕迹，“但是我不能回头。”他已将所有的希望寄托、所有的痛楚与愤怒加诸那一刀上，生命的所有意义，也都在等待着那一天的到来。

男人不说话了，他忽然觉得自己与左暗雪何其相似。

报仇成功了，很好，但是之后的路呢？

“我答应你。”男人说，“但你也得答应我两件事，我保证这两件事并不难。”

“莫说两件，二十件也成。”

“好。”男人笑道，将杯中酒一饮而尽。

“大人，有没有人说过，你眉宇之间，很像那个人……”左暗雪目光平视，忽然喃喃道。

3

吕峥南吕老爷子身长八尺，长着一把好胡子。

虽然是南方人，却能说得一口好官话，还在神机营时，每逢天子狩猎，提督大人都会带上他。他曾敏锐识穿混在十余侍卫中的刺客，护驾有功受帝赏赐。那是他最接近帝国中心的时候，他曾以为自己一定有机会超越父亲、祖父。

早在永乐年间，吕峥南的祖父便在征交趾时以一杆火铳威震战场，人称“神火将军”。其父吕应麟戍边二十载，屡立奇功，孝宗皇帝御赐手铳一柄，上刻“宣力勤虑”，即便日后致仕亦无须收回，以耀后人。

“神火将军”的名号到吕峥南这里已经传了三代。火器出膛，绝无虚发，神铳吕家，便是精准的代名词。

近三十年来，吕峥南保持着每天四个时辰的实火训练，每隔三日送御赐手铳到器械堂修整，这么做，只是为了让吕家绝无虚发的神话传承、延续下去。

三年前，吕老爷子离开神机营返乡，上赐宅邸一座，知州大人于城门亲迎。

吕老爷子的眼睛里容不得半点沙子，即使赋闲生活，这一点仍没有改变。

他会像年轻人一样骑上快马，赶八百里到了无人烟的边陲小镇，刺伤人贩子捉拿归案，只为解救十几个从未谋面的孩童。

他也曾八个月水陆并进，砍下邪魅人那双空空妙手，将其连同被盗走的夜明珠一起移送官府，只因他喝茶时偶然听茶客聊起这一不平事。

半年前吕峥南游历至甘肃，清风帮查景芝只是请他喝了一杯酒，他便远赴西域独挑僇人王，带回被掳走多年的查家小姐。

那一战，他仅以半招刀法上的优势战胜僇人王，差一点就无法全身而退。

而那时的他还不知道，随后将有更艰难的事情在等着他，这一次，惹出事端的竟是亲生儿子。

西域归来，吕峥南得知嗜赌成性的儿子在赌场打死人，潜逃在外已十多天。吕峥南不再远游，每天待在家中，他相信儿子用光所带盘缠后会秘密潜回家里拿银子。

果然只等了三天，儿子便在账房中被自己撞到。他满面尘灰，忌惮地盯着父亲。

吕峥南没有责怪他，安抚他坐下后，亲自下厨烧了一桌菜。

流亡在外的儿子早饿得眼冒金星，一顿狼吞虎咽、风卷残云，要把手都吃到嘴里。

吕峥南没有动筷，只是静坐看儿子吃，等他喝完最后一杯酒，以拿银票为由离席。

回来时，吕峥南手上多了一把砍刀。

“我本应当将你送至公堂，交由大明律例处置。”吕峥南说，语气低沉，面无表情，“但是你走到今天这步，终是因我疏于管教，罪责在我，今日不杀你，我有何脸面面对吕氏先祖？”

儿子吓得呼天喊地，身子却软瘫在地上：“爹爹，看在去世娘亲的分儿上，饶了儿子这次吧！”

刀落，血却冲起。

鲜血溅在吕峥南脸上，又像雨点般飘落。

滚烫的血雨。

过了正午，日渐偏西。

市集上的行人并未减少，原本踩在脚底下的影子，已渐渐拉得斜长。

吕峥南在果摊旁挑出几只暖黄色的沙梨，分别拿到鼻前嗅了嗅，他的手腕微微颤动，像是冬日里拈了颗冰球。然后，他将沙梨轻放到褡裢里，付账。

褡裢挂在吕峥南肩头，表面满是污渍斑块，像一块硕大的土黄色抹布。他上身穿着沉香色锦衣，脚下踩的是十九两银子一双的桂德轩云履，扛着装满梨子的褡裢走在市集上，有种说不出的滑稽。

吕峥南并不在意路人讥诮的目光，或者说，他压根没注意到。紧接着，他又在菜摊、卤店、杂货铺等地方逗留了一阵，胸前的褡裢越来越鼓，他的笑容也越发灿烂，眼睛中满是质朴之色。

“吕老爷子，又亲自出来忙活？”偶有乡人搭话，吕峥南却只是一门心思采购，连头也不抬一下，胡子都要贴在砧板上。

“吕老爷子！”那人不死心，斗胆拍了拍吕峥南的肩膀。

“嗯？”吕峥南这才直起身子，不明所以地看着那人，就好像先前“吕老爷子”四个字与他毫无关联。若不是身上那套华服，真的会误认为他只是个上街赶集的贫民。

“我说您又亲自来赶集呀？”

“是啊。”吕峥南满足地拍拍褡裢，“一会儿回家犬子有口福了。”

那人赔笑，面色却像吃了苍蝇一样难看，赶紧走开。

吕峥南身后不远处，跟着两个布衣青年，白净的脸，头上束着黑色网巾。

这半个多月里，他们几乎每天都会出现，从开始的躲躲藏藏，生怕吕峥南发现，到如今已是气定神闲在市集上闲逛，似乎已笃定吕峥南不会拿他们怎样。

然而，他们不是仅有的跟踪者，另一双眼睛也在注视着他们，那个男人脸色苍白，腰前插着剑——一把看似普通寻常的乌鞘短剑。

不一会儿，两个布衣青年离开了。吕峥南的采购却仍未结束，在杂货铺里置办完香料后，他又走入药店。

“劳驾，抓药。”吕峥南取出方子交给伙计，将褡裢暂时搁放于地，用袖管擦着汗。

药店伙计接过方子，一眼没看就开始抓药，好似早将方子熟记于心。不到一盏茶时间，药已包好，客客气气地送到吕峥南手中。

“刚刚那位可是吕老爷子？”吕峥南走后，排在他身后的中年女人向伙计询问道，满面疑色。

“可不是他老人家吗！”伙计说。

“怎么成了这个样子？”

“疯了。”伙计一边漫不经心说着，一边清理药渣。

“疯了？”女人忙问道，“都在传他杀了亲生儿子，是真事？”

“怎么不是！”

“就是从那时候疯的？”

“这你不知道了吧。”伙计停下手中的活，靠在桌案上煞有介事道，“我听说他宰了自家儿子之后还是好好的，该喝酒喝酒，该锄奸锄奸，啥事都没有。”

“这么邪门？”女人惊道。

“可不是，就是没有异常才奇怪。”伙计说，“两个把兄弟也怕他出事，天天陪着，还总拉他出去走走换换心情。那天到了凤鞶山，可惹出大事了。”

“怎么了？”

“你没听说那事？绝无虚发的吕老爷子失手了，手铳伤了人家无辜的女娃子。”

“吕老爷子也会失手？”

“嘿嘿，吕家金字招牌是毁在他手里喽。”伙计轻松道，“之后啊，人就疯了。隔上几天就要来抓一次药，叫他‘吕老爷子’也不应。”

“就没人管管？”女人有些心软道。

“树倒猢狲散，这不是常事嘛。”伙计说，“不过他那两个把兄弟倒真够义气，刚出事吕老爷子还没疯那会儿还来过好多次，却被吕老爷子狠狠骂了出来，说什么‘老子堂堂神火将军，犯得着同你们这些村夫为伍’。”

“对了，吕老爷子抓的是什么药？”女人忽然想起，忙问道。

“一张奇怪的方子，我叫人看了，也没说出个所以然。”伙计说，“说不定是宫里的奇方。”

“他上个月也来我店里买过东西，我当时瞅着就有些奇怪了，没想到真是吕老爷子。”女人说道。

“买的啥？”

“铁锹、土铲，用来刨土的那种。”女人回忆道。

吕峥南走出药店的时候，黑云已压顶，空气中充满了草木气息，集市上的农人们也忙着收摊回家。

街道旁的屋檐下，那个男人却还在，离药店只有几步之遥，看着吕峥南从药店出来。

一辆马车停在屋檐下，开着帘布，车厢内并未坐人，短衣马夫正蹲在路边吃红薯。

男人右手垂于腰间，隐蔽屈指一弹，一粒绿豆由指尖激射而出，正中车前那匹健马的股部。

马儿吃痛长嘶，身立而起，车厢倾倒朝吕峥南所站位置砸去。吕峥南第一反应极快，侧身一避，奈何身上杂物过多，重心不稳，脚底只一滑便倒在地上，褡裢里的东西撒了一地，高高扬起的马蹄，就要朝他鼻梁踏落。

马蹄落地，扬起尘土纷纷。

马蹄之下，已无吕峥南身影。

原本在屋檐下的男人箭步扑向吕峥南，赶在马蹄落下前用双臂将他护住，两人一起在地上翻滚了数下，撞到药店前的门槛上才停下。

那马夫见到此情此景，只当马儿闯祸，也不再悠然进食，拉了马儿扭头就走，任车厢在地上一路拖着。

“老爷子没事吧？”男人手扶门槛起身，除了衣服沾上灰土，一切安然无恙。

“好险……好险……”吕峥南坐在地上喘着大气，锦衣下摆已在地上磨破，他捂着肿起半边的脸颊，心有余悸道，“多谢兄台了，不然我这把老骨头非要被那畜生碾碎不可。”

“老爷子言重了，快起身吧。”男人道，伸手扶吕峥南起来，心中却是别有所思。

如果吕峥南是装疯，以他的武功，定能轻易躲过马蹄。但是……方才车厢倾倒，他那侧身一避，纯属下意识，是习武数十年来身体的本能反应，而之后……他似乎忘记了用气法门，提不上真气，自然无法完成身法，所以才失去重心倒地，几乎要被马蹄踩中，这不像是能装得出来的。

“兄台，兄台。”男人的思绪被吕峥南的呼唤声打断。

“若不嫌弃，到寒舍一叙，小酌几杯可好？”吕峥南已将散落于地的杂货拾起，笑着说，“刚才真是多亏了兄台。”

“那就叨扰了。”男人迟疑了一下，没有推辞。

厅的正中摆着一张紫檀八仙桌，偌大的桌子，吕峥南和男人只占据了其中一角。

灯光也只照亮桌面和两人身前一隅，肩膀以下，尽没入黑暗之中。

夜幕已降临，窗外飘来幽幽深长的箫声，听来竟有些凄寂、萧索。

厅内弥漫着奇特的味道，初闻是淡淡的香味，待得久了，香味里渐渐泛出浊气，好像沁人的兰花里包裹着烂掉多时的花蕊。

“兄台从哪里来？”

吕峥南拍开酒坛封泥，双手颤巍巍地托起酒坛，替男人斟酒。

“京城。”男人看了一眼吕峥南枯黄的手，说道。

“那可不近哪。”吕峥南入座，“是路过此地吗？”

“来办些事。”男人随口道，“老爷子没去过京城？”实际上，他和吕峥南在京城有过数面之缘，两人还联名上书弹劾过写青词的媚道。

"哪里走得开？"吕峥南笑着说，"犬子在家，一早起来得替他准备朝食吧？等他吃完也到晌午了，这时去市集采办些物资，回来也差不多该做晚餐了……"

吕峥南像个唠叨的农家汉子，一说起家常来便滔滔不绝。他的语速很快，却不含糊，思路清晰明了。

男人端起碗喝了一口酒，轻轻咳嗽几下，面露凝重。

也许，在吕峥南的意识里，自己已不再是不可一世的神火将军，他现在只是一个普通人，一个普通的父亲。

只不过，他儿子已死，他口中家中的"犬子"又是谁呢？

琉璃灯罩中的火焰柔如彩绸，在墙面上映衬出妖娆的姿态。男人却觉得有一股凉飕之意正蹿上脊梁。

他曾听太医院的医者说过，要治好失心疯的人，最好的办法是让他想起自己的名字。他已不认识自己，不愿想起自己是谁，只有名字，才能将他拉回。

"来来来，兄台，吃菜吃菜，不要客气。"吕峥南总算唠叨完，招呼男人道。

"老爷子也请。"男人点点头，说道。

桌上摆着五菜一汤，两个人明显是吃不完的。

男人夹了一筷子土豆丝，色泽不错，但是丁条边缘切得并不整齐。

他又拿起勺子，舀了一勺鱼汤，刚入口，浓眉已然皱起。浆料多了，太咸。他舔舔嘴唇，突然想起吕峥南斟酒时那不住颤动的双手。

他意识到，自己可能找到了吕峥南凤鞶山失手的原因。

“对不住，我知道手艺不行了，我以前能烧一手好菜的。”吕峥南交握着双手，有些不好意思道。

“实际上，味道还不错。”男人说，为安慰他又强令自己喝了一口鱼汤。

“真的吗？兄台若是喜欢再多喝点。”吕峥南热情地把鱼汤推向男人。

男人愣了一下，忙道：“我已饱。”

两人又对饮了三杯，吕峥南忽道：“失陪一下，给犬子送些饭菜进去。”

男人皱了皱眉，道：“令郎为何不出来一起吃？”

“卧病在床，起不了身，平日里都是老头儿我在照料。”他边说边起身，在箪中加了饭，用微颤的筷子夹了些小菜盖在饭上。

“恕我冒昧。”男人犹豫了一下，还是说道，“能否同去见令郎一面？我在京城也认识些朋友，其中不乏名医，将令郎症状转述，说不定会有医治的办法。”

“那好啊。”吕峥南说，“兄台请随我去。”

厢房在会客厅西边，由一条回廊相连。

房间不大，亮着长明烛火。门口的屏风上画着个束腰侍女，梳着万字髻，一袭红缎小皮袄，甚是典雅。

只是，之前的怪气味越发浓重，像是中药、香料，混合着难以名状的酸味。

床榻靠墙摆放，貂皮做成的窗帘低垂，床上没有一点动静，隐约看到锦被中鼓起，像是有人仰面平躺着，但是隆起程度又似乎有些许奇特。

厢房中甚是静谧，唯有火苗扑扑作响，火光也好似跟着响声骤明骤暗。

“承祖，吃饭了。”吕峥南将箪子搁在床边的矮桌上，“我请了位兄台来给你瞧病，今儿得亏他出手相救哪……”

床榻里并没有人回答，吕峥南却在继续说话。

男人盯着床榻，目不转睛。

吕峥南已靠近床榻，还在兀自言语，随手撩起床帘。

男人瞳孔微缩，表情已非“惊恐”二字能形容，胃里像被人插了根棍子，翻江倒海。

“兄台，依你看如何？”吕峥南侧着脸问，脸上是希冀的神色。

一个人得了失心疯，他多半不是忘记自己的身份，而是拒绝想起自己是谁，给自己安上新身份，构建出只存在于自我脑子里的空中楼阁。

男人忽然有些羡慕吕峥南，至少在所筑的楼阁中，他是快乐的，无须再面对痛苦的现实。

既然如此，又何必将他从阁楼里强行拽出？

“我已记下了。”男人说，面容恢复如常，“让令郎好好歇息吧。”

4

提起监牢，人们最先想起什么？

阴冷、悲凉、绝望……人性最深的罪恶与痛苦蕴漾在潮湿的空气里，黑铁栅栏上，不知凝结着多少哀唱的冤魂。

如果这世上，有个不想出狱宁可被砍头的人，这人不是疯子，就是傻子。

尤诺显然不疯不傻，尤家之主尤霞王更不会选一个疯傻的人作为继承者。

牢里那封闭的环境令囚犯感到压抑、浮躁，犯人内心崩溃、哭天恸地也是常有的事情。尤诺却不同，他很安静，唯一的爱好是养花，在破靴子里倒上土，小心地将牢房石缝中艰难长出的小野花移进去，放在稻草堆上望着它入睡。破靴子被发现，小花遭狱卒踩踏，花瓣碎裂在冰冷的地面上，他也只是无奈地笑笑。打进入监牢起，他就在等待死亡的来临，就好像这才是自己最正确的归宿。

然而，他最终等到的却是族人的奔走疏通，按察使的过失杀人定论。

尤诺像换了一个人，在牢里变着法子作死折腾，辱骂朝廷，嘲笑当今圣上信道，甚至几次趁送饭之际夺刀袭击狱卒。

没有人知道尤诺的打算，也没有人知道他到底在谋划什么。

牢头、狱卒们却对此见怪不怪，甚至觉得这才是尤诺该有的表现，乡人眼中的坏小子，并非浪得虚名。

从小到大，尤诺总是不按家规常理行事，除了祖父，族里没多少人拿正眼看他。所以当祖父撕毁立长之规把尤诺定为继承人，将家族数十家绸缎庄交与他人经营时，整个家族都要地震，族人在背后议论纷纷，都说老爷子是中了邪。

尤诺却不在乎别人的态度，他信任手下的老掌柜们，尽量减少对他们的干预，或许真有些许经商天赋，从未涉足生意场的他，并未出现族人预料的崩盘之势，买卖经营一如既往稳步向前。

不过，要是以为他会就此消停下来，那就大错特错了。他仍喜欢由着性子行事、胡闹，管理绸缎庄之余，戏台、酒楼、郊外无处不能见到他的身影。

他也喜欢笑，笑的时候双眉舒展，仿佛紧闭的花骨朵被水滋润后，在水中缓缓绽放，眉心那一点红色，也好似渐渐明了。

所以很多女孩子喜欢他，因为在他的笑容里看到了和善、自信和财富。

当然也有不少人讨厌他，因为他的笑容令他们感到自卑、羞辱抑或是狂躁。

丁弦月则不同于以上两种人。

或许只是一个眼神，也许只在举手投足间，少女之心就已被尤诺俘获。

尤诺又何尝不为丁弦月所倾倒，认识不到三个月，便拉着她回家拜谒祖父。对于女人而言，名分何其重要，要做尤诺的女人，首先自然要被族人所接纳。

丁弦月是蚕商的养女，丁家与制造局太监亲近，尤家又做着绸缎庄的买卖，尤诺的选择，罕见地得到族人认同。

于是就有了那个夜晚。

少年男女，共处一室。窗外明月如盘，雨后的月色，柔和而微醺，雨后的蔷薇，也在窗旁愈显娇翠。

一切发生得那么突然，又理所当然。即使两人尚未成亲，但在他们眼里，这一天迟早会到来。

昏黄柔和的灯光下，丁弦月的面孔也如蔷薇般红润。少女纯洁无瑕的身躯，化为一泓绵长细密的秋水，将尤诺湮没。

在那一刻即将来临之时，丁弦月玉臂已紧紧缠住尤诺，闭着眼睛，睫毛上挂着泪水，就像清晨荷叶上缀着的露珠。

然后，尤诺听见了那两个字，带着丁弦月的娇喘声，低吟而出的“表哥”。

人们常说，要忘记一段感情，最好的方法是爱上另外一个人。

尤诺在后台撞见孙嫣的时候，她还没有梳好头，乌黑的长发如绸子般散下，轻轻披在双肩上。她的美与丁弦月不同，有种弱柳扶风之感，身上也散发着淡淡的草药香。

尤诺已经分不清，对孙嫣的爱慕，到底全然出自本心，还是内心生出一股力量，硬推着自己前行。

一切宛如在梦中，但是梦却终究会醒来。

牢房里没有铁窗，四周昏暗如夜，偶有声响，也是其他牢房里传出的惨呼声，凄恻悲凉至极，喊叫者的灵魂仿佛要从肉身里脱出。

地面很潮湿，尤诺盘腿而坐，阵阵寒意直砭入肌骨。但他不能动，为了防止他再出手伤人抑或自尽，穴道已被封住，连舌头都抬不起来，每天只在饭时、如厕得以解穴，四五个狱卒持刀盯着，他却没有丝毫不自在，还时常边解手边与一脸严肃的狱卒谈笑。

今天，是他出狱的日子，他总算可以结束这场荒唐的闹剧。最关键的是，他已下决心去做那件事，因为他已听狱卒说起，神断展大人将在几日后到达。

而且，回乡后第一个要拜访的人，是已经疯了的神火将军吕峥南。

丁弦月惨死的时候，尤诺便预料到展大人不会坐视不管，在狱中也想尽了应对之策，只是，自己最担心的事情还是发生了。

过道里传来脚步声，在黑暗狭长的空间里被拉长，每一步都传来深远的回音。脚步声停下的时候，三个身穿差服的狱卒也已出现在牢门口。

巨蟒般的链条，原本盘绕在黑色的铁栅栏上，现在也闷声落地，牢门已开启。三个狱卒立在牢门之外，手附在刀鞘上，心虚地盯着尤诺。

“小子，出狱是喜事，别惹麻烦，也别再给咱弟兄几个添堵。”牢头走了进来，面色凝重，“没问题的话就眨眨眼睛，我要替你解穴了。”

尤诺乖乖地眨了两下眼睛，便觉肩头一热，暖意已游遍全身。牢头原本只解开他部分穴道，谁知尤诺借着这股暖流冲开气海，丹田中如有一颗炽热的火球，劲力源源不断涌现，他长喝一声抬起双手。

牢头大惊失色，腿一软险些站立不稳，牢外的狱卒们也纷纷抽出白刃。

“帮忙把这禁制也去了吧。”谁料尤诺只是目视着手上的镣铐，缓缓说道。

牢头受了惊吓，惊魂甫定，没好气道：“先出来，自有人替你除去身上的家伙。”

尤诺笑着摇摇头，起身出了狱门。

尤诺走在前面，狱卒和牢头就跟在三步之后，握着刀盯着他的后背，唯恐他又有稀奇古怪行为。

“其实大可不必如此，现在你们就算磕头求我留下，我也是不愿意的……”尤诺兀自朝前，慢吞吞踱着步子，话未说完，忽然加速疾走，如箭般蹿了出去。

四位牢差对视一眼，惊出一身冷汗，拼了命迈腿赶了上去，却发现尤诺早已等候在走廊入口处，跟个没事人一般对着他们笑，他总能在很多看似无趣的事情上获得满足。

牢头撑着膝盖大气直喘，却又无可奈何，咬着后槽牙吐出一句：“开锁！”

单单替尤诺打开镣铐，便出动了七位狱卒。一位负责开锁，另外六个全副武装，持刀在旁边守着，尤诺若有任何动作，立刻就会被大卸八块。

除下镣铐，换回青衫，尤诺终于收敛起笑容，神情肃然。

“带上东西，快滚。”牢头说，脸上竟有了憔悴之色。

狱卒端上木质托盘，上面摆放着尤诺入狱时所带的玉佩、钱袋和一把不起眼的短刀。

刀不盈两尺，刀鞘陈旧粗糙，刀柄上缠着黑色的绢布。这是凤鞶山劫持孙嫣用的刀，这之前，它还染上了丁弦月猩红的鲜血。

尤诺拿起短刀，收入袖中，脸上浮现一丝痛苦，眸子里是从未有过的冷冽。

近申时。

阴天，阳光不佳，对于刚出狱的尤诺而言还是有些不适，他眯起眼睛，望着前路，走到前街的茶馆时，一个青年疾步而来。

这人便是监视吕峥南的两个布衣青年之一，如今换了锦衣，俨然富家公子之态。他掌中握着把宝剑，剑柄上缀着一块紫青玉佩。见了尤诺，叫了声：“二哥！”

“你来晚了。”尤诺说，没有停步，“四弟呢？”

“大哥看得紧，不让我们来见你，我费了好大劲才溜出来。”青年说，衣袖和下摆染上一层淡灰色，之前恐怕是翻了墙。

“我本就无心争夺尤家之主，这下犯了事，大哥该放心了。”尤诺苦笑道，眼中闪过悲伤，“爷爷的病好些没？”

“好多了，日日惦记着你呢。”青年目光闪动。

尤诺沉默了，抬起头闭上眼睛，再睁开时已恢复坚毅之色，伸手去拿青年手里的剑。谁知青年突然发力紧握手中剑，尤诺这一下竟然抓空。

“二哥，跟我回家吧。”青年脸涨得通红，视线却不敢与尤诺交汇，“你让我监视吕峥南，我和四弟跟了他近一个月，这人是真真切切废了，你杀不杀他都是一样的，况且……况且凤鞶山是二哥你自作孽，又如何怨得了他！”他终于将埋在心里不敢说的话倾吐出来。

“吕峥南料到我出狱后会起杀他的念头，故意装疯卖傻罢了。”尤诺说，“以为这样就能不死？”

“二哥！”青年接着说，“求你跟我回去吧……”

尤诺没有说话，左手搭上青年的肩膀，催动内力，那青年臂一麻，手一松，宝剑已到尤诺手中。

“替我照顾好爷爷。”尤诺说，头也不回地朝前走去。

青年的误解，他已无所谓，甚至可以说，他就是要让世人这么理解自己的用意，如此一来，真正的动机便得以隐去。

尤诺握紧了手中的长剑。

终归，是自己的佩剑要称手一些。

吕府前门镶着一对兽头黑油铁环，野兽怒目圆睁，孤傲地瞪着冷清的长街。

门是虚掩的，只轻轻一推便已开启，秋风萧瑟，将斜挂在门上的纸皮灯笼吹得摇曳不止。

灯笼中的火已灭，会客厅里的琉璃灯却已点燃。

紫檀桌前，吕峥南一人端坐而食，一双老手笨拙地夹着菜，枯槁的身影印在墙头上。

尤诺前一脚踏进门槛，手中的长剑已经出鞘。

杀了吕峥南，真相便永埋于地下，即使展大人回来，又能如何？尤诺气集剑尖，全力而出。自己惹出的事端，必须亲手终结，即便身死，受万世唾弃，也无所畏惧。

事已至此，早就没了退路。

剑风嘶嘶，剑光化为一缕青虹，直挑吕峥南肩背。

吕峥南并无察觉，手中筷正伸向盘里的青菜。筷尖与盘碟相触之时，他才感到一股寒意跃上脊梁，却已来不及转身。

吕峥南的静坐无为，也着实让尤诺感到意外。但是利剑已出，电光石火间剑尖已逼近，无悬崖勒马之余地，一剑贯入，无疑将从他心口钻出，一剑毙命。

嗡声起。

声如龙吟，又好似远山古寺中传出的撞钟之鸣，余音缭绕于尤诺耳际。

尤诺右手虎口一震，剑尖已贴在一柄短剑的剑脊上，剑面发黄满是锈渍，却似铁盔铸甲，挡住了尤诺的致命一击。

逐龙剑。

逐龙剑握在一个男人手中，此人年过三十岁，面色很苍白。

他的腰间，插着乌黑的剑鞘。

“这……”吕峥南面无血色，瞪着忽然出现在家里、短兵相接的两人，裆部有了潮湿的暖意。话没说完，已被男人点中昏睡穴，脖颈一软，趴在桌面上沉沉睡去。

男人神色和缓，轻转手腕，将逐龙剑入鞘，咳嗽着。他的身后不知何时站了个罩甲青年，脸颊上有两道不算深的伤疤，竟是左暗雪。

“现在，你总该明白吕峥南不是装疯了。”男人平静地看着尤诺，“吕老爷子这样的高手，面对你的来剑又怎会毫无反应！”

“可惜，我知道得太晚了。”尤诺两鬓被汗水浸湿，虎口流血不止，手上只剩了个染血的剑柄，长剑竟已碎裂，变成七八块亮片落于地上。

“不晚，只要他还活着，你总算没酿成大错。”男人叹道。

尤诺却不说话了，他显然已猜出男人的身份，眼中只剩下怅然之神色，仿佛一切努力已尽化为泡影。

“真被展大人说中了，姓尤的果然一出狱就往这里赶。”身后的左暗雪开口道，一双眼睛紧盯尤诺，要喷出火来，那柄银色的刀也在他手中握得发烫。

刀终于到了出鞘的一天。只是，现在的尤诺已不配自己使出玉石俱焚的一刀。左暗雪愤怒的眼神，变得有些睥睨，就像当初尤诺看自己那样。

“他或早或晚都会来这里，因为他必须赶在我之前杀人灭口。”男人道。

“我上当了。”尤诺渐渐不支，弯下腿单膝及地，他想苦笑，却发现面部是僵硬的。

“你早就回来了，却让牢头放出风声，声称几天后才能到达，回乡第一件事是去见吕峥南。”血还在滴，尤诺指尖已然发白。

“左兄曾是县衙捕快，自然与牢头熟识。我若不这么做，又怎能逼你出手？”男人说，“你一出手，也就印证了我的猜测。”

尤诺的脸色已铁青，无可奈何的感觉令他浑身都在抽搐。

“展大人，接下来的事情就交给我吧。”左暗雪握刀的右手静得出奇，仿佛疾风骤雨前最后的安宁。

“左兄少安毋躁，待我将所猜测说完，你再拔刀不迟。”男人上前一步，挡在左暗雪与尤诺之间。

“什么猜测？”左暗雪目光如鸷鹰，并没从尤诺身上移开。

“猜测与两种误会有关。”男人道，“误会的源头，便是吕峥南的‘绝无虚发’。”

“大人的意思，我没有明白。”左暗雪道。

“我想告诉你的是，凤鞶山吕峥南手铳击中孙嫣，的确是失误，并非你先前所想。”男人道。

“大人有大人的理由，我自然也有自己的理解，大人何必将想法强加于人？”左暗雪冷冷一笑。

“你不妨现在就转过去看看吕峥南的手，答案便在那里。”男人叹息道。

“什么答案……”左暗雪偏过头，目光转向吕峥南。忽然间，他的语声停顿，显然已注意到吕峥南垂在桌下的双手。闻言，一旁的尤诺也是霍然抬起头。

即使被点了穴不省人事，吕峥南的手臂仍在轻微抖动，幅度虽不大，却一刻也没有停下。

“手铳讲究精准射击，差不得分毫。这就是他离开神机营的真正原因。”男人不紧不慢道，“为了保住火铳吕家绝无虚发的威名，走出神机营他便不再用铳，所以之后无论对付人贩子还是邪魅人，使的都是冷兵器。这样的双手，也削弱了他的刀法，才让西域僇人王有机可乘。”

“直至凤鸐山那天，为拦截尤诺救下孙嫣，情急之下他才不得已再次用铳。”男人望着吕峥南沉睡的背影怔怔道，“只是，这一次失误，代价太大了一些。”

“就是说……”左暗雪泛紫的面孔中透出兴奋的红色，隐隐有光。

“小嫣没有替他挡铅弹，她真的没有替他挡铅弹……”左暗雪反复念叨着，原先堵在胸口的巨石悄然消失，心中竟是无比畅快。

左暗雪的激动之情，丝毫没有感染尤诺。尤诺跪在地上，没有任何动静，像一尊雕像，扭曲的面目，早已布满懊悔的神色。

“神火将军，绝无虚发。你又何尝认为吕峥南是失误？”男人望着尤诺，叹道。

尤诺没有否认，他的心却早已绞作一团。

今天如果不来杀吕峥南，结果会不会不一样？他在心里问自己，他觉得自己现在像一摊烂泥，任人肆意踩踏。

男人面露不忍，说道：“你认定从一开始，火铳要射击的目标便是孙嫣。因为劫持孙嫣时，你做出了一个后来连自己都觉得愚蠢的动作——擦拭。你发现杀害丁弦月的凶器柄上留下了脂泽般的特有白色，为了彻底替孙嫣洗清嫌疑，就用手去擦，你以为吕峥南发现了这一细节，推断出孙嫣才是真正的凶手，所以向她射击。”男人说道。

“等等。展大人，你说尤诺要替小嫣洗清嫌疑？”左暗雪打断道，茫然的表情如坠五里雾中。

“是的。”

男人一字一句道：“因为杀害丁弦月的真凶并不是尤诺，而是孙嫣。”

“怎……怎么会……”左暗雪木然愣住，脸上哪里还有先前的兴奋之色！

“在京城听闻尤诺异常行为时我就在想，他已经判了过失罪即将释放，为什么还要在狱中闹事，企图杀死狱卒？后来我才想通，若是杀死狱卒，铁证如山，尤家即便再疏通、打点也无济于事，尤诺必被正法，丁弦月的血债已得到血偿，我即使回来，也不会再深入追查。”男人说。

“可是，劫持小嫣的人是尤诺呀……”左暗雪有些慌乱道。

“你有没有想过，凤鞶山上，以尤诺的武功战胜南邦三杰或许不可能，但是想要逃走却不是难事，有什么必要劫持孙嫣呢？”男人道，“劫持实际上只是一个信号，南邦三杰看到倒下的尸体，又看到尤诺以凶器逼着孙嫣，自然而然认为凶手是尤诺。”

“那天，先到凤鞶山的其实是丁弦月与孙嫣，两人因为尤诺争吵，甚至大打出手，结果……”男人忽然停止了述说，漆黑的瞳孔像是要将所有的悲伤与痛苦掩埋。

“等尤诺赶到，大祸已经酿成，而此时南邦三杰恰好经过发现了凶杀。”男人继续道，“于是尤诺顺手夺过孙嫣手中的凶器，装作劫持孙嫣，为的是把杀人的罪责揽到自己身上。”

男人说完，便不再开口，静静地看着左暗雪与尤诺，就好像他的使命已完成。

左暗雪目光如寒冰，每一块肌肉都仿佛起了痉挛。尤诺就在身旁，银刀就在手中，却再也不能对他出手。

尤诺也无力地低着头，指甲已深入手掌之中，他当然也没有必要再去杀倒在饭桌上的吕峥南。

然后，他们忽然发现男人已不在屋中。

“糟了！”左暗雪失声叫道。

5

孙嫣梦见自己在漫天大雾中行走，一双软鞋已磨破，只得赤脚而行，脚掌踩在荆棘与碎石上，痛楚像腻滑的鳝鱼由脚底钻入，在她周身肆意游走，最终盘踞在胸口，啃噬着血肉要破皮而出。

孙嫣醒了，长发被汗水沾湿发亮，瀑布般散落在胸前。

她已近一个月没有睡过好觉，胸口缠着厚厚的绷带，虽已不再流血，却也不能轻易动弹，每次牵动伤口，便有钻心的灼烧痛楚袭来。

每天尤家都会派老嬷来做饭、换药，却板着面孔不和她说一句话，苍老的面孔上像是戴着铁面具。

屋子里很静，只有藤椅的摇摆声。痴傻的父亲就这样每天坐在藤椅里摇啊摇啊，有时还会发出欢快的笑声，像个无忧无虑的孩童。

火器击穿孙嫣的肩膀，伤及筋骨，能保住命已是侥幸，即使痊愈，日后也将落下病根。孙嫣咬牙，稍抬起右手，想要握住床榻旁的木质围栏，五指却像僵直的铁钉，如何也不能弯曲。

以后，恐怕连照顾自己的能力都没有，又怎么去照料父亲？孙嫣叹了一口气，指尖在围栏上轻划而过，留下淡淡的白色印迹。

凉风起，从她身后的木门缝隙中吹进来，冽如刀割。

秋已残，黄叶萧萧而落。木门外的长街上，一个男人正疾步而前，没有表情，不带迟疑，离孙嫣家已不足百米。

他的腰间，别着一把乌鞘短剑。

黄昏时分，残阳如血。

孙嫣忍着疼痛，在床榻上小心侧过身子。从屋里望出去，只能看到限死在窗框子里的一小片天空。落日将孙嫣惨白的脸染得通红，她的眼睛里，却是如死水一般的静穆。

“让我来保护你吧。”

左暗雪的声音在她耳畔响起，羞涩年轻的面容恍如就在昨日。只一瞬间，那张脸变得阴沉冷漠，闪亮的眸子，也暗淡下去。

她并不怨恨左暗雪。从接受尤诺的恩惠，恢复自由身那天起，她就应该预料到这样的结果。

她恨自己。是非黑白，曲直利弊，明明都懂，却选择抱以侥幸，等到左暗雪离她很远很远，才幡然醒悟。

于是她当了布庄换来银票，又打了赎身所需银两的借据，一同带着前去凤鞶山赴尤诺之约。

她已决心与尤诺划清界限，返还不属于自己的一切。

那天的凤鞶山秋意正浓，落叶在台阶、石板上积得很厚，秋风吹过衰草夕阳间，却只带起寥寥几片秋叶。

孙嫣到达风瑶亭时，尤诺还没有到。天色不早，周遭已没了行人，只能听到呼呼的风声。

孙嫣没有想到的是，自己等来的竟是丁弦月。

一袭绿衫，碧如春水，丁弦月的脸却是惨白的。眼若死鱼，脸颊凹陷，皮肤好像直接附在骨头上。

孙嫣看清来人时，丁弦月已快步而上，手中握着把不足两尺的短刀，朝孙嫣胸口刺下。

孙嫣吓得花容失色，朝右闪避，惊魂躲过第一剑。丁弦月抬手再要刺的时候，孙嫣也已伸手握住刀柄，向上发力欲推开短刀。

四臂纠缠到一起，刀尖在距离孙嫣胸口四五寸之处陷入僵持。那丁弦月毕竟是富家小姐，不到半盏茶工夫，手上的劲力已泄，短刀开始慢慢远离孙嫣的胸口。

丁弦月知道已错过杀死孙嫣的最好时机，这时脸上才出现绝望的悲恸，往事浮现于心，悲从中来，泪水滚滚而下。她闭上眼睛，忽然反转手腕，借着孙嫣的力道，将短剑刺入了自己的咽喉。

殷红的一点在细腻的皮肤上徐徐绽开，仿佛朝阳下缓缓舒展的蔷薇。

床榻上，孙嫣感觉到自己的胃在抽搐、翻腾，肩部的火灼感也更加强烈。

她不愿再去回忆，捂着脸哭泣起来。

然后，她就听到嘎吱的开门声，看到了那个男人。

颀长的身材，浓眉间有殷红一点，腰前只剩下一柄乌黑剑鞘，短剑已握在手中。

藤椅仍在摇晃，一前一后，藤椅上的父亲木然抬着头，痴笑地看着头顶上的横梁。

“是谁……”孙嫣讶异地看着走近的男人，虚弱地咳嗽起来。然后，她的眸子明亮起来，差一点又要喜极而泣。

左暗雪已从窗外翻身而入，挡在孙嫣床榻之前，拦住男人，一如先前男人挡在他和尤诺之间那样。

左暗雪微侧过头，却发现床榻上的孙嫣也在注视着自己，两人皆是一怔，泪水便止不住扑簌簌流下来。

“让我过去。”男人突然说道，一如既往地平静沉稳，一如既往地语气缓慢，不知为何，左暗雪却感受到了一股难以言状的压力，直逼得他透不过气来，男人的脸也看上去越发陌生。

“展大人，这其中一定还有误会！”左暗雪冷汗直冒，右手不由自主地搭在刀上。此时，他才明白一个月来封刀的真正意义，玉石俱焚的一刀最终用来保护所爱的人，自己还有什么遗憾呢？

“你要用这一刀来对付我？”男人低垂着头默默道，他当然知道这一刀的威力。

“请展大人不要逼我。”左暗雪道，“我们可以坐下来好好……”

他话未说完，男人却已动。

短剑未出鞘，剑光也未洒开，左暗雪却倒了下去，他的雷霆一刀甚至还来不及出鞘。

是剑柄，男人倏然出手，左暗雪连反应都没有，剑柄就撞在他胸前大穴上，他眼前一黑，如被抽去骨头般酥软瘫倒。

左暗雪刚倒下，男人感到有刀劲从背后劈来。

一柄不盈二尺的短刀，刀柄上绑着黑色绢布，握在尤诺手中。

一刀长虹贯出，化成无数光影，朝男人当头罩下。

求凰刀。

男人反手一剑，剑光如匹练，洒开漫天剑雨，向尤诺持剑之手飘去。

逐龙剑。

屋中光华流蹿，火星四激，刀剑相击声不绝于耳。

一把是最锋利的刀，只攻不守，刀劲砭人肌肤，每每出手必染血归鞘。

一把是最坚固的剑，以守为攻，任他人劲力纵横，逐龙横置，若泰山驾临，岿然不动。

矛与盾的对决，亘古至今未有定论，只因忽略了一个因素。

人。

刀与剑的主人。

满天交错的光影中，忽然斜飞出一道炽白剑气，光耀刺眼，如皓月之于萤火，便听“叮”的一声轻啼，漫天光影已倏然消失。

尤诺背靠着东墙，慢慢滑倒坐在地上。手中的求凰刀已断作两截，这是他一天中第二次断了兵刃，只是这一次，他自己却也没站起，被剑气所伤昏死过去。

男人提剑转身，此时孙嫣已忍痛下地，伏在左暗雪身边，满面泪痕。

男人将逐龙剑平举当胸，步步走近孙嫣。

现在，已无人能再阻拦他。

除了自己。

望着断裂的求凰刀，男人脑海中霎时浮现出许多疑问，线索之间排列组合，形成许多种不同可能性。

求凰刀为什么会在尤诺手中？这明明是自己离乡前送给表妹的防身武器……

尤诺刚出狱便带着求凰刀，显然求凰刀是当作证物被扣留在狱中的，会不会它就是劫持孙嫣时用的短刀？

尤诺的短刀是从孙嫣手中夺过的，有没有可能求凰刀就是杀害表妹的凶器？

孙嫣杀害表妹的凶器，却是表妹的刀，难道说表妹才是最初起杀意的人，杀人未遂又因某种意外而死……

“展大人，这其中一定还有误会！”左暗雪的话回荡在他耳边。

男人俯视着孙嫣，她瑟瑟发抖，正将头埋入左暗雪胸口。

也许，只要询问她一下，真相就有可能浮出水面。

然而，男人却始终没有开口。

回乡之后，他一直在收集线索，企图找出表妹惨死的真相。但是，当他现在无限接近真相时，却退缩了，他发现自己其实是畏惧真相的。

摆脱浑浑噩噩的生活，重新振作爬起的那一天，便注定了手中的剑必须出鞘，他已没有另外的选择。

逐龙剑高高举起，孙嫣闭上了眼睛。

这一剑，却迟迟没有落下。

剑在寒风中。

无　人　问　津　的　推　理　剧　场

其　一　：　变　格　推　理　剧　场

密室里的英雄

哭喊声中，我听到一个声音：

“我们不需要超人！”

1

时至今日，柯雪仍无法完全做出判断。

那个人，究竟是谁？

仅仅是因为精神上受了刺激，导致了妄想症？

还是说，真如他所讲的，是那个为我们熟知的英雄、内裤穿在外面的——超人？

2

“我是你们俗称的……等等，你们称他什么来着？”男人一副伤脑筋的样子，眉头也紧紧蹙到一起。

“超人？”柯雪提示道。结合男人刚才所说的故事，那么只有“超人”俩字与他身份相符。

“对，超人。”男子轻抚桌面，中指触碰到水滴，这水滴源自他手边的啤酒杯，杯口处破了道口子，喝的时候总让人有所顾忌。

“是像克拉克·肯特[1]那样的英雄吗？”小胖柯雪用纸巾帮男子擦去桌面上的水滴。小胖其实并不胖，只是脸圆，像圆规画出来似的，圆得很规则。可悲的是对于人脸来说，这又是极其不规则的，所以朋友们好像忘却了柯雪的容貌，留在记忆里的，只有一个没有五官

[1] 美国《超人》系列电影、电视剧、漫画中的主人公，平时以《星球日报》记者的普通人身份出现，当危险降临时就会变身为无所不能的超人。

的圆轮廓，这导致柯雪常在朋友的噩梦里登场。

“哦，你说的是电影里那个。”男子放慢了语速，“那个都是假的，我才是名副其实的……”他扶着脑袋又开始艰难地思索着。

“超人？”柯雪微微向桌面探出头，再次提醒道。

“对，超人。”男子拍拍脑袋，“总是记不住世人对我的叫法。”柯雪注意到他用的是“世人”一词，看来他有明显的自负情结，高姿态使他希望与常人划清界限。

柯雪坐正，摸了摸鼻子，重新审视眼前的男人。

这是一位身着白衬衣的中年男子，说话声音洪亮，尽管黑眼圈很深，依然不减威严。暂时称他为超人先生吧。

“好吧，超人，现在能不能让我们聊聊你改名的事情……”柯雪说。经过观察，柯雪基本认定中年男人存在心智失常的毛病，口口声声说自己是超人，拥有特异功能，简直是天方夜谭。

柯雪已经在男子对面坐了近半个小时，耐心倾听他叙述了许多往事。其间，超人先生因为激动手颤，不断从啤酒杯中溅出水滴，算上刚才这次，柯雪已经帮他擦拭过五次。

“你相信我是超人了？”超人先生忽然说道。

“嗯，当然……超人。”柯雪连忙答道，强忍住没笑。

“不，你只是在敷衍、搪塞我，想让我换话题谈改名的事情。”超人先生说。

“他倒不傻，竟然没有蒙混过去……”柯雪在心中忖道，“看来精神病和傻子还是有区别的。”

超人先生并没有失望，他叹了口气，缓缓道：“是啊，要是轻易相信我是超人，这种事情才不正常，我能够理解你。”

这番话让柯雪打了个冷战，眼前的男人真的是精神失常或者精神病人吗，有这么理智的精神病人吗？

“大叔，其实我来这里找你的目的很简单，只是想问问你为什么要改名，关键的是，还改个‘丝丝’这么奇怪的名字……”柯雪说道，但是超人先生明显不想回答，开始大肆离题地发言。

“信和不信，究竟分界线在哪里？”超人先生答非所问，“你不相信我是超人，是因为你的潜意识告诉你世上不可能存在超人；刚才你叫我大叔，因为看了我的样子潜意识告诉你我是中年男人。怎么判断潜意识的对错呢？”

沉默。

铛铛铛……客厅里的摆钟共响了十一下，这让柯雪想起高中、大学时学的单摆周期公式。柯雪非常厌恶数学，一看到就头大，然而考试中单摆公式的应用往往都是些简单的送分题，所以给他留下了美好印象。三流大学毕业的柯雪待业在家，从小他就立志当一名刑警，现在与这一目标渐行渐远。

称这间屋子为客厅其实并不准确，实际上整个屋子也就一间，类似于单身公寓，全屋划分功能区，进门便能将房内全景一览无余。家具也很常见，除了挂钟略显气派外，大多属于小巧精致型，绿色的布艺沙发上摆着一只电影《电锯惊魂》中的娃娃比利。

“并不是全部凭潜意识判断，你的一些言行，本来就很难让人信服，好像在演戏一样。”柯雪说道。

“我的言行有什么问题？”超人先生惊愕道。

“好吧，如果你一定不肯聊改名。”柯雪妥协了，“我只举一个你言行上的破绽。我问你，你说自己是超人，那么不执行超人任务的时候，你是否和我们一样生活，看电视、上班、泡妞？”

“看电视、上班，泡妞没时间。”超人先生苦笑道，“至今单身。”

“对不起，我以为超人旁边都有个露易丝[1]。”柯雪表示歉意，“既然你和我们一样生活，肯定也看过、听说过不少有关超人的影视剧或是故事，对于‘超人’二字应该不会陌生，为什么刚才还想不出来，要我提醒？”

超人先生笑了，他挠了挠脸颊，像个害羞的孩子：“你连这细节都注意到了，早知道我就不装了。”

“好了，你终于承认自己不是超人了。”

“不，我的确是超人，之所以装作想不起‘超人’二字，只是为增加真实感，没想到适得其反。”超人先生解释道，“而且我看你年纪这么小……”

“年纪小所以想糊弄我？”柯雪说。

“的确也这么考虑过啦。”超人先生倒是很坦白，“不过，我其他说的可都是实情，我还从来没向别人透露过我的身份。”

真是个顽固的人，还不肯承认。柯雪心道，无奈地摇了摇头。

“大叔，你前面讲的爱情故事真的很动人，你看我还为此流了

---

[1]　美国《超人》系列电影、电视剧、漫画中的女主人公，克拉克的同事兼女友。

泪。”柯雪面前堆积了小山似的纸巾，“但是我只想知道，你为什么费尽艰辛要改名为‘丝丝’？”

“十一点了，我的时间已经不多了。”超人先生侧头看着撞钟，眼神中流露出的情绪时而兴奋时而失落。

柯雪有种上当的感觉，终于忍不住提高嗓门：“从进门开始我一共回答了你二十三个问题，作为回报你至少应该回答一次我的问题吧？”

“你还有的是时间。”超人先生抓抓胸口，从胸口的口袋里摸出香烟，熟练地点起，“而我，当了将近二十年的超人，最终都没有人相信，是一件无比悲哀的事情。”

柯雪承认自己败了，超人先生是有意在回避问题，那么，干脆顺着他的思路好了。

“我懂了，那让我们就超人这一身份进行讨论吧。”柯雪摊开双手。超人先生点点头。

“既然你是超人，我想问问超人究竟有何种能力？”柯雪说。

“飞行、透视激光眼、力大无穷……与电影里的克拉克基本相符。”超人先生回答道。

“好，再简单不过，请你现在使用一次超能力，这样就能证明你的身份。”柯雪竖起食指说。

超能先生想了想，吸了一口烟，吐出“S”形烟圈。

“不，这个不算。”柯雪忙说。

“很可惜，两个小时前我已失去超能力。”超人先生说。

“这么巧？”柯雪讽刺地说。

“是你来得太晚，到这儿都十点多了。”超人先生注意力集中在摆钟上，略带哀求道，“我的时间真的不多了，让我把故事讲完吧。”

柯雪双手举过头顶示意投降：“你说吧，就当我没问过改名的事情。”

“先前说到哪里了？”超人先生来了精神，将烟头使劲按进烟灰缸里。

“两架即将坠落的飞机。”

3

如果这件事不发生，我或许仍旧顶着救世主的光环，虽然在实用主义者、功利主义者的眼中，这光环正在逐渐褪色。

我想这是一次有预谋的劫机行为，两架飞机不可能同时出现故障，一同向米兰市中心坠落。这简直是鱼和熊掌无法兼得的悖论。

我只救到一架飞机，即使我使用超音速飞行，赶到时还是与另一架飞机失之交臂。

飞机撞上了市中心的一幢商业大楼，火焰映红我的脸庞。

在人们的哭喊声中，我听到一个声音：“我们不需要超人！”

退意萌生，此后将愈发强烈。

超人是世人给的名号，在业内我们有统一的称号。刚入行时我就兴奋地问导师，我们这一行是不是有个霸气的名字。在我记忆里超级英雄往往有一个很威武的、让坏人一听就丧胆的名字，例如美国队长、闪电侠、钢铁侠。当时就想不明白怎么会有英雄叫绿灯侠，难道他是上班族，惧怕红灯？

“变态人。”导师冷静地回答，训练室里的灯泡很合时宜地爆掉了，碎片还没及地就消失不见，是导师的激光眼使它们升华了。

“我们的称号是‘变态人’。”看我面部僵硬，导师重复道。

我开始觉得绿灯侠是个好名字了。

“好恶心的名字，师父，你是在开玩笑吗？”我壮着胆子问，自打认识导师起，他没给过我一个笑脸，按理不会开这么低俗的玩笑。

“我们是隐秘的职业，连你都觉得名字恶心，市民们更不会相信这个职业的存在，这名字安全。”导师的语气很怪，能感觉他说的时候也不能做到心平气和，好像在告诉我：你以为我想叫这个名字！还不是迫不得已！

“这些年，难为您了。”我用敬佩的目光看着导师。

变态人就变态人吧，能得到超能力捍卫正义，谁又会在乎这个呢？在这里先介绍一下，变态人并不是孤胆英雄，它是一种职业、一个组织，成员的确切数字我不知道，因为彼此并不认识，一位变态人往往只与他的导师保持联络。导师负责赐予弟子超能力，并传授其使用方法。

任何人都能成为变态人吗？不，当然不是，首先你必须是RH阴性O型血。第一堂训练课导师会给你注射一种绿色液体，这是激发超能力的药剂，或许这种药剂只能在RH阴性O型血的环境中起效吧。这种血型非常罕见，可以说是万中无一。如果你觉得我幸运那就大错特错了，七岁时我遭遇车祸，失血过多一时却找不到匹配血源，差点送了命。有得必有失不是？

除此之外，变态人要拥有超乎常人的胆识和毅力，飞檐走壁那是小儿科，上千米的垂直降落也是家常便饭，隔三岔五跟脱轨的火车、离膛的炮弹亲密接触，即使拯救生灵于涂炭也只能悄然离去，留给世人一张奇特的脸庞、一个孤独的背影。《变态人规则》规定，变态人在执行任务时不得以真面目示人，所以每个变态人都有专属面具，比如我就喜欢戴暖色调的萌宠面具。知道这条规则后，你可以很明确地判断出克拉克·肯特是伪变态人，电影里这小子不但内裤外穿还光着脸面对着世人，以为生活中戴着眼镜就不认识你了？

形形色色的规则还有很多，例如不能凭超能力徇私，不得随意操控他人意念等。最重要的一点，变态人不得向他人透露任何与职业有关的信息。导师每天会与你见面，如果发现弟子违规，会立刻对其洗脑并开除其变态人身份，停止注射绿色药剂。

是的，导师每日九时准时为弟子注射药剂，维持超能力的时间是二十四个小时。这么做是为了密切监视弟子，导师还会对弟子的每日行为进行评估，决定他是否够格继续担当此职业。导师说在我之前他曾有过三个弟子，两个因为喝醉酒透露秘密被洗脑，还有一个最丢脸，因为有恐高症，在飞行时被吓死了，可见心理素质也是能否成为变态人的一项重要指标。

“规则”似乎把这几段的气氛破坏殆尽，话说回来，只要遵守规则，变态人的生活其实是可以丰富多彩的。每个变态人都有所属的区域，守护区域安宁和谐就是变态人的职责，虽说任务多了点，但只要用自己的热情对待，再加上点创意灵感，还是可以在业内做出风格、做出水平来的。比如人所共知的“蝙蝠侠”，对，人们这么叫他，不，不，他和克拉克不一样，他是真实存在的“变态人”，打击犯罪之余公司经营得顺风顺水，十年前就上市了。那是爹妈留给他的遗产？胡扯，他爹是个理发匠，他完全是白手起家。看来电影对大家的毒害不浅。

我的管辖区域在意大利米兰，工作之余去梅阿观看国际米兰[1]比赛成了我最大的爱好。想家？当然了，我还有家人留在中国，他们以为我失踪了，我想那一定很痛苦，但是如果他们知道我做的事情，一定会为我自豪的。况且想家的时候可以飞回去啊，从米兰飞到故乡也就是几小时的工夫，早些时候，我会隐身回到家里面探望父母，在自己卧室的床上睡一觉，他们依然替我保留着卧室，定期打扫。对，跨国当然不需要护照。只是要注意飞行速度，绝不能超过光速，一不留神引发时间错乱就很麻烦了，是的，《变态人规则》严格禁止变态人超光速飞行干扰时空。

在变态人的岗位上一干就是二十年，我在米兰郊区买了房子，那里与科莫接壤，国际米兰训练基地皮内蒂纳近在咫尺。下班如果没有接到任务，我会花上三五分钟循着流水走到河流尽头，运气好遇到训练开放日我可以进入基地一睹球星风采，被拒之门外也无大碍，我的透视眼能穿透几层建筑物。

平日里我是一家广告公司的员工，说员工其实只是看门的，类

[1] 意大利足坛豪门俱乐部。

似于国内传达室大爷那样的职业，而且选择的是晚班，同事都下班了我才去公司，通常是二十二点上班直到凌晨六点才换班。选择这个时间工作也是为了配合变态人的职业，变态人随时可能接到任务，需要来去无阻，倘若与正常人一样上下班是很难脱身的，上夜班就方便很多。另外，变态人不需要睡眠，上夜班可以利用白天的时间执行任务，等到下班时正好天亮，赶上国际米兰的晨练。

嗯，背景讲完了，想不到讲了这么久，我的时间不多了。

要说成为变态人的感受，我不知道怎么总结。当你从即将沉没的游轮中救出遇险者时，你能感受到他们感激崇敬的目光，那是撇去人性中肮脏杂质后的最清澈单纯的眼神。我也喜欢听被救者的欢呼声，当他们齐呼“超人”的时候，我愿意用自己的一生去守护他们。

但事情不久就变得糟糕起来。记得在刚开始的五年里，舆论观点对我都是友好的，他们需要我，他们感谢我。直到一天，《米兰体育报》出现了第一个负面报道，而且在第一版，标题是：米兰近郊两处发生恐怖爆炸，超人失职造成二十人遇难。

到现在为止，我还能清楚地记得当时的内心活动，我整个人几乎要暴走了。而事实并非如此，爆炸几乎发生在同一时间，当时我正在另一处救险，双手举着几十米高的教堂，要把它轻放到安全地带。即使我是变态人，我也只有一双手，无法两边兼顾，对于另一处遇难者我感到万分遗憾痛心，然而我确实无能为力了。

但人们并不这么认为，在他们眼中超人是无所不能的，没有超人做不到的事情，于是大家得出的结论就是超人失职。从此，舆论与先前背道而驰，报纸、新闻的注意力全部聚焦到我“失职”的事情上。

指责如火山般爆发。

“旅游车坠落山谷，超人在哪里？”

“云霄飞车上演惊险一幕，超人未出现？”

“农场大火，超人究竟去了哪里？”

“我们不需要超人！”

…………

当我把脱轨的火车放正时，司机焦急地告诉我，刚才收音机报道北部发生剧烈地震，让我赶紧去救人，不然，媒体又得大肆宣扬了。

听了他的话，我飘浮在半空，陷入沉思。也许，当我救起地震中的灾民时，他们会告诉我东部在发生泥石流。也许，有更多的灾难发生，只是我无力去阻止，但是仍旧逃不过世人吹毛求疵的眼睛。

这个世界上有太多的灾祸，当救人从荣耀变为疲于奔命的义务时，所有的事情都会变味。

我开始厌倦了。曾经有一个著名的变态人说过，能力越大，责任越大。他肯定没读过庄子的《逍遥游》：“北冥有鱼，其名为鲲。鲲之大，不知其几千里也。”鲲再大，也不能逃脱天地、时间对它的限制，变态人就是这只鲲。

“何必在乎世人的眼光？”导师看出我近来的异样，注射药剂时淡淡地说道。

“我拼死拼活卖着力，却连最起码的互相理解、互相尊重都做不到，我不知道做这事的动力在哪儿。”注射完毕，我呼出一口气，桡动脉处先是呈现绿色光亮，然后像网一般顺着各条经脉在手臂铺张开。

“变态人这职业本来就不是为了利益。”导师说。

“我每天都在受气，这算什么回报？”我埋怨道。

“你得到的最大回报就是拥有了超能力，混账小子。”导师怒了，手掌聚气，要向我发射。

“师父，我这房子不结实。”我向上一指，天花板上还在漏水，地上放着盆子接水。

出其不意间，导师将气力投入我张开的嘴，金黄色的光球顺着我的食道进入胃里，震得我五脏剧痛。

“不许抱怨，再有怨言别怪我开除你。”导师威胁道，语气十分严厉。

“开除？正合我意呢，我都想直接申请退休了。”我满不在乎地说。

话音刚落，我忽然觉得呼吸困难，导师使用“隔空锁喉”掐住我的脖子，并慢慢将我提起直至双脚悬空。这是电影《星球大战》中的原力锁喉的原型。

导师真的怒不可遏，下颌微微颤动：“你再提一次退休，我就先帮你洗脑。”

哈哈，看到这里，你大概会觉得导师是个十恶不赦的恶棍。其实他之所以生这么大气，是怕失去我。导师之前的三个弟子，与他相处最长的不超过半年，他们的表现也不尽如人意。导师曾说我像极了他年轻时候，当我自鸣得意开他玩笑时，却遭遇他当头一击，这一击充满怜爱之意。

超级英雄也会老，导师培养我这么多年，我也不忍心离他而去。

可以说是为了导师吧，从此我再没有提过退休的事情。我不在乎舆论和非议，尽全力像往常一样去守护无辜民众，却觉得胸中那一团正义的火焰烧得已经没有那么灿烂，它缓缓变微、变弱，总有一天会扑腾跳跃一下，消失不见。

4

时针指向“4”，已经十一点二十分。

柯雪这次没有抢着问话，他在回味超人先生所谓的“变态人”故事，的确很有传奇色彩，比之前讲的恋爱故事好上百倍。这时的柯雪认为，或许不是爱情让超人先生精神错乱，在奇异恋爱之前他就疯了。

“你不问改名的事了？”这反倒让超人先生感到不适，眨眨眼看着柯雪。

“你根本不想回答吧，何必假惺惺的。”柯雪嗔怪道。

“等我把经历说完，保证你不会再问。”超人先生肯定地说，“前提是你要相信我的故事，相信我是超人。”

实际上柯雪的确对改名的事情失去了先前的兴趣，关于超人先生身份的猜想才是他现在思考的重点。眼前的男子到底是什么来头，仅仅归结为精神失常吗？但是从他刚才的叙述来看，他比任何人都要清醒、理智啊。

“你叫什么名字？”柯雪问道。

“黄一林，身份证上这么写，我有二十年没用这名字了。”超人先生掏出皮夹，拿出泛黄破损的身份证给柯雪看。

这种身份证样式柯雪从没见过，出生日期是一九七〇年七月三日，上面印着的证件有效期以一九九〇年七月为限。柯雪审视身份证上的证件照，青年时代的超人先生只是少了鱼尾纹，略显青涩，和现在比五官面部没有多大变化。

“你什么时候成为变态人的？”柯雪将身份证搁在桌面上。

“二十岁生日那天，当时是去爬山，结果雪崩把我埋了，是导师把我从雪堆里救出来的，从此我隐姓埋名跟随导师。”超人先生说。

“你就这样成了变态人？你怎么忍心离开家人，连个招呼也没打？”柯雪摇摇头。

“为了某些理想，你必须得舍弃一些东西，哪怕是自己最宝贵的。”超人先生抬起头，慢慢道，“离别总是痛苦的，越留恋，越伤筋动骨。”

“你父母以为你爬山遇难了？”

“他们并不相信，一直在找我，因为搜索队并没有找到我的尸体。三年后，他们死于一场火灾，是天然气泄漏事故。”超人先生有些遗憾地说。

“对不起。”柯雪有些感触，说道。

交谈倾听约两个小时，超人先生的情绪始终平稳，逻辑清晰，这让柯雪对他产生了信任感，柯雪扫视密闭的屋子，心道，莫非这就是斯德哥尔摩效应[1]？

---

[1] 人在极限、封闭的状态下会对身边的人产生好感，甚至与劫持自己的凶犯结为同盟，称为斯德哥尔摩效应。

他是超人？这根本就是个笑话，他疯我可不能跟着疯。理智回归，柯雪立刻起身开窗，一道强光无阻碍地射入室内，密闭空间中的空气仿佛也流动得迅速起来。

“你是一九七〇年生人，但是看上去也就三十岁出头，变态人衰老得很缓慢吗？”柯雪重新入座。

“或许吧，导师没提起过，我只知道变态人也会死。”超人先生说。

“你导师贵庚？”

“导师是英国人，我曾经看过他的护照，生于一九四〇年。”超人先生轻轻靠在椅子的靠背上。

“有七十多岁了。”柯雪叹道，像忽然想到什么，“对了，我还是不太明白变态人的职业体系。导师年轻时也是变态人吗？是不是变态人老了就自然成为导师？变态人有寿命吗？导师有没有上级？变态人的创始者是谁，他还活着吗？”

“你的问题我都曾问过，导师没回答，只说我将来会知道。”超人先生说，“事关职业体系，也许知道得越少越能让职业延续下去。”

尽管柯雪被超人先生的故事感染，天平慢慢向超人一说倾斜，但刚才的回答让柯雪重拾怀疑之心。一个在岗位上兢兢业业干了二十年的超人，连自己的职业都不了解，竟然还愿意牺牲自己的生活、家庭来成就它，这也太可疑了。尽管获得超能力的诱惑巨大，但毕竟要放弃现有的生活，有几个人愿意？

“七十岁高龄的导师，看上去怎样？”柯雪继续发问，注意着对方回答问题时的面部表情、肢体动作。

“不显老，当时看上去像五十出头的人。”超人先生回忆道，目光稍稍往左下方偏转。

“当时？现在呢？”

“导师去世了。”超人先生仰起头，看着柯雪。

“超人也会死？”柯雪问。

“是的，或许连导师也没有想到。”超人先生说，忧伤地盘起手臂。

5

之所以知道变态人也受困于生死，是目睹了导师的离去。

现在想想却追悔莫及，自从有了退休的念头，我对导师的恩情越发淡薄，执行任务也像是被迫的，完事后就窝在家里打电玩。

导师和我说话，我爱理不理。经常是他在给我注射，我心不在焉，满肚子哀伤惆怅，这种情绪持续了十多年，直到导师离世。我想，当时导师一定能感觉到我的颓废，但是从他的眼神里，我只看到关心和怜悯。我不懂得用心去体会，把自己锁在布满荆棘的心房中不愿出来。

导师曾对我说，仰望星空，你会觉得发光的星星很璀璨，其实它们中许多已经死去。和我们相隔上百光年，我们看到的其实是死星很久以前发出的光芒。导师离去，我才在回忆中感受到他的理解与爱，一切为时已晚。

我从没有见过那么巨大的闪电，夜空亮如白昼。我现在开始怀疑自己当时是否听到导师痛苦的喊叫声，飙发电举间导师就化作了灰烬，从空中降落的是他烧焦的行囊，里面有三支绿色的注射药剂。

原来变态人的身体并非无坚不摧，闪电是我们最大的威胁。

二十年来与导师相处的画面电光石火间涌上心头，泪水模糊了双眼。

我早就没有家人，导师是我最亲近的人，现在……我仿佛感到在遥远的宇宙中，一颗时刻守护我的行星黯然死去，直到现在，我才感受到它的光芒。

导师走了，一切束缚都归于虚无。

变态人，是说再见的时候了。

6

“算是意外吗？”柯雪不曾见过超人先生这般痛苦。

“一定是意外，导师出事前没有任何征兆，他像往常一样给我注射，陪我说话……”超人先生再度哽咽。

“所以，是导师的去世让你心灰意冷，选择归隐？”

“是的。”超人先生说，“米兰我是待不下去了，看到什么都会想起导师，我于是回来了。”

“之后你有没有再度变身为变态人？”柯雪问。

“回到故乡，也就是这里，我没有注射药剂，我想像普通人那样生活。”超人先生冷静下来，说道。

“然后就有了最先说的那个爱情故事？你遇到了一个……算是一见倾心的女孩子吧，你和她一起爬山、穿越峡谷，静静等待日出？”

超人先生沉默，缓缓道：“原谅我，之前又撒了一个谎。是她爬山、穿越峡谷，静静等待日出，没有我。”

“什么？”柯雪惊奇地看着超人先生。

“我爱上她的时候，她已死去。”超人先生垂着头，轻声道。

7

回归故乡，举目无亲的我只能在街头流浪。拥有将近二十年的超能力，一朝成为常人，我是那么手足无措，像一个脱离城市许多年的流浪者，对许多事情都陌生得难以适应。但是我没有后悔当初的决定。

该怎么生活呢？早在十多年前我的户口就被注销，在故乡我成了一个亡灵，根本找不到事做，许多家店的店主将我拒之门外，连工地上的包工头也驱赶我。

我找不到栖身之所，只能睡在桥洞里。然而饥饿的问题并没有解决，大多数时候我会去田里采一些蔬菜煮来吃，体力已经渐渐跟不上，我必须得吃些肉了。我因为偷鸡被农家人追打过三次，捉鱼却发现河水污染得油光发亮，水葫芦缠绕着我的脚，仿佛要将我拖入水下。

不得已，我只得冒一次险。

那天夜晚下着倾盆大雨，经过一幢单身公寓的楼道时，有个黑衣人和我一样在楼道里躲雨。天太黑，我看不到他的脸，只是从高大的身影判断应该是个男人。“现在时间，十二点整。”男人佝偻着腰，像是戴着电子表那样的东西，忽然发出报时声响，我不经意间扫了他一眼，他赶忙冒雨匆匆离开。

已经午夜十二点了，我腹中饥饿，如果注射成为变态人，就没有这些日常顾虑，但是决心摆脱变态人身份的我绝不会轻易注射。眼瞅四下无人，我心中萌发私念，鬼使神差地走上楼梯。顶楼最不容易被打扰，我选择了一家没有装铁门的住户，手伸向裤兜里，那是一根我从工地上捡来的铁丝，也许在那一刻，我已下决心迈出这一步。

我用铁丝打开单身公寓的门，用了不到一分钟的时间，过程中只发出轻微的声响。这还是大学时“钻研”的技术，因为老爸是开锁匠，我小时候也耳濡目染，上手特别快。当时专用铁丝开宿舍大门，午夜溜去录像放映厅看外国禁片，真没想到会在这个年纪重操旧业。我看了看门牌号，601，心中是深深的忏悔：我只想要一些吃的，没有恶意。

轻轻带上门，我在黑暗中摸索冰箱的位置。没有红外线透视眼，这的确是一项难度超高的工作，几乎辨不清方向。

缓缓向前行走，忽然间，我摸索到温暖的东西，那是女人的脸颊。糟了，屋里有人，由于单身公寓不分房间，此时我居然闯进女人的卧室区域！

女人先前正在卧室内睡觉，或许睡眠还不深，被我触碰到后身子一颤，然后大声叫嚷起来。我本能地捂住她的嘴巴，告诉她别怕，我不想伤人，只是来找食物，我饿坏了，拿些吃的我就走。

女人的挣扎更是出于本能，我感觉到她全身都在剧烈抖动，仿佛有一个灵魂要脱离身体而出。

我愈加用力，手掌紧紧盖住女人的嘴部，我能感受到她高挺的鼻子也被我一并挤压在手下。她的呼吸越来越急促，不到半分钟，又变得微弱不堪。

我在干什么？我愣住了，维护正义的我居然做出伤害人的事情，怎么会这样！思维在那一瞬间短路，等我反应过来的时候，女人的头已经靠在我的肩膀上，身体像失去骨头那样柔软无力，她断气了。

普通人，此刻必定惊慌失措。而我，只是把女人平放在床上，思考起我这几十年的生活，我的人生究竟在哪里出了问题。

以前，我没有做过任何伤天害理的事情，我的生活中充满欢乐，至少我问心无愧。然而得到了超能力后，我拯救过数万条生命，为什么反倒成为众矢之的？好不容易摆脱变态人的生活，只是想回归简单的人生，却连生存的资格都没有，如今又杀了人……

是时候重新成为超人了，我不想做杀人犯，更不愿意让身旁的女人就这样因我死去。

我想起导师最后那三支注射药剂，它们被我放入腰包中随身携带，以备不时之需。我取出注射药剂，像拿出绿色的荧光棒一般，照亮了女人的卧室，也第一次看清了女人的面容。女人有一张极其秀丽的脸，五官突出，即使因为挣扎而面部扭曲，也依然那么动人，生前一定是个美人。她是无辜的，不该死，我要救她。药剂经桡动脉传遍我的全身，我决定再用一次超能力。

走出公寓楼，雨并没有减弱，伴随着轰鸣的雷声，我纵身跃到半空中，拼尽全力加速直上，到云层上方才停下来。

我准备启动光速飞行，《超人》电影中的克拉克曾用这种方式救过自己的女友露易丝，如今我只是如法炮制。《变态人规则》上明令禁止一切引发时空错乱的举动，一旦越过雷池，如蝴蝶效应般，将对时空、人类产生巨大的影响，因此，导师会用各种方式阻止弟子违规，然后替弟子洗脑。

我心中一酸，导师已经不在了，我多么希望他出来阻止我，替我洗脑也好。

开始吧，我对自己说。

我奋力提升速度，一圈又一圈地在天空急速飞驰，我感到天旋地转，只觉得周身都陷入混沌。勉强睁开眼，只是看到万花筒般诡异的景色，耳边呼啸的声音也归于寂静。

我回去了。

依然大雨，先前的黑衣人也在原本的位置，和我一样在楼道里躲雨。只要我不上楼，不去打扰那女人，她就不会有事了吧？我想。她现在估计在睡觉，总之是个活生生的女人。

正当我决定用红外线透视眼穿透多层障碍，瞧瞧女子屋里情况的时候，黑衣男子的电子表响了，依旧发出十二点报时的声音，然后他平静离去。

我松了一口气。我还是第一次改变时空，真是一件有趣的事情，特别是看到路人重复的动作，别有一番风味。我笑着开启透视眼，脸上的笑容戛然而止。怎么会！我看到本该熟睡的女人倒在床上，面部扭曲，七窍流血。

我不敢相信，揉揉眼睛继续看，骇人的场面没有丝毫改变。我内心一惊，忽然想起导师的嘱咐，他的声音犹在耳边："记住，历史不容改变，即使你侥幸让时光倒流，历史也会以另外一种方式重现，阻挠你改变历史的结果。"

耳鸣目眩，我用力甩了甩脑袋，抵在冰凉的墙面上。

不行，我还得上去看个究竟。我想。

我使用穿墙术进入卧室，将女人轻轻抱起。女人的身体还是热的，她才死去不久。

面对女人的尸体，二十年来我首次有了回天无术的感觉。我强行逆转时空，必定会影响到空间逻辑，如蝴蝶效应一般，再细小的变化也会累积成巨大影响。就如这次，本该被我杀死的女人因为逻辑的累加，死于他人之手，但是始终摆脱不了死亡的命运。

我承认自己惊慌了，再怎么说女人都是因我而死，如果不能救活她，我经不起良心的拷问。我要再逆转时空一次！不行的话，就多几次！

一念及此，我走到公寓房门前要开门出去，低头看向门锁的瞬间，发觉事情有些蹊跷。

公寓的大门居然是从里面反锁的，就是说凶手杀人后不可能从大门逃走，因为关上门后他将无法再从内部反锁门。我立刻检查屋内所有窗户，全部由内部锁住，窗户没有丝毫破损。

见鬼，这样一来凶手更不可能从窗户逃脱，那么，他究竟去了哪里？

屋里的挂钟响起，这次是半点报时，夜里十二点半。

8

在柯雪看来，一切都尘埃落定。

照超人先生所说，舆论经常出现对他负面的报道。这些年柯雪从未听到过关于超人的国外报道，关于外星人的倒有很多，这足以证明超人先生在撒谎。

“时光倒流后，事件居然以另一种方式呈现！”超人先生说，他还沉浸在自己的述说中，没有走出来。

“他终于承认杀人了。”柯雪忖道，“没想到这竟然隐藏了一起杀人案，如果这次我立功了，指不定还能说服叔叔经常带我去刑警队走动走动！”兴奋居然冲散了柯雪对杀人犯就在眼前的恐惧。

但是他为什么要向我坦白杀人的事情？他故意将身世打造成一个科幻故事的目的又在哪里呢？兴奋过后的柯雪陷入思考中，右手慢慢滑进牛仔裤口袋，里面是一把匕首，警惕的他在来之前便已准备好，防人一手是他的人生哲学之一。罪犯既然承认杀人，就很可能是对柯雪起了杀心。

然而接下来的事情令柯雪立刻放松警惕，超人先生述说了一件密室杀人案，而且是非同寻常的密室杀人，因为它披上了时光倒流的外衣。

听到这里，柯雪彻底激动起来，平日里他最爱看推理小说，尤其偏爱密室类型的事件，一时间竟把其余琐事抛诸脑后，关心起密室。

“你确定房门、窗户都是从内部反锁的？”尽管这可能只是超人先生信口雌黄，柯雪还是兴致盎然，半起身双肘撑在桌上，身体前倾问道。

“千真万确，我都检查了好几遍。”超人先生一脸肯定地说。

“进行逆转时空之前，也就是你第一次用铁丝进入公寓时，门也是从里面反锁的吗？”

“是的，如果不反锁，这样的门我几秒就能打开。”超人先生说，“而这扇门折腾了我起码一分钟。”

“内部反锁的门也能被你用一根铁丝打开？”柯雪质疑道。

“有些不行，但这类门恰巧可以。”超人先生说。

“又是巧合？”柯雪笑道。他走到门前，这防盗门与自己家里的一样，品牌叫汪利，一旦反锁即使有钥匙也无法将门打开。公寓内的窗户也是内插销式的，除非打破玻璃，否则只有屋内的人才能够上锁。

他正思考着，超人先生已走到他身边，打开防盗门出去。柯雪心领神会，吧嗒，从内部反锁上门。不到一分钟，门竟真的被超人先生从外面打开。

“这下该改改宣传词了，防火防盗防超人啊。”柯雪弯着腰检查锁孔，没有一丝破损的痕迹。

“因为父亲吧，我小时候见过不少锁，有时候还会把锁当玩具消遣。”

“你回故乡当个开锁匠多好？”柯雪说。

超人先生笑了，说：“这个不是重点，重点在于时光倒流后，凶手杀人后是怎么从反锁的密室中离开的。”

“也许凶手与你一样，同为变态人呢？”柯雪猜测道。

“变态人的超能力是不能伤到普通人的，因为之前出过多起变态人心理失衡反倒成为邪恶一方的例子，组织对注射药剂进行了改良，增强了脑控制，限制了恶念的实行以及变态人对人体细胞的力量输出，激光眼也对人体细胞无效。所以以往执行任务时遇到抢劫案，我们无法伤到劫匪，只能把他活捉了带去警局。”超人先生道。

“增强脑控制？药剂对大脑的抑制还能分出恶念与善意？”柯雪说，“我不信。”

“或许药剂能对人体分泌激素进行评估吧，具体我也不懂。”超人先生说。

“后来你是否再次穿越时空？”柯雪在屋里走动，忽然问道。

“算上第一次，我一共穿越了三次。”超人先生回答，“先遇上黑衣人，电子表作响，进入公寓，密室里发现女人尸体，门窗反锁。”

柯雪迟疑了，如果超人先生是疯子，又怎么能分清密室与非密室？

或许，科幻元素只是外衣，密室、死人的事情曾经发生过，只不过超人先生存在妄想症，所以把事件以一种夸张的形式表述出来而已。

对，一定是这样！柯雪仿佛看到了一丝光亮。

密室杀人这个事件背后必定隐藏着什么，柯雪打算从密室杀人入手，从而将超人先生的真实身份探个究竟。然而现实很严峻，除了门窗反锁，柯雪没有得到任何有关密室的线索，他只好在屋里来回踱步寻找线索，毕竟这里是案发地。

“我能继续说吗？”见柯雪迟迟不入座，超人先生犹豫道。

“你说你的呀，坐久了我站一会儿。”柯雪说着，目光并不离开地面。

“是的，我杀了人，应该偿命。当知道历史不可改变，我萌生了自杀的念头。那时飙举电至，我有意迎着闪电而上。”超人先生皱皱眉头。

“你想效仿导师，引雷赴死？可是，现在你好好的……”

“几道强雷猛烈打在我身上，除了衣服碎烂，我竟没有一点损伤。”超人先生面庞抽搐，摇摇头，“想死却不能死，难道是闪电威力不够？”

“威力不够？”闻言柯雪打个冷战，似乎想到什么。或许这件密室杀人案，不依靠科幻故事里的规则逻辑根本无法解开。

“欲死不能，我感到万念俱灰，身体乏力。原来光速飞行非常消耗体力，三次逆转时空使我筋疲力尽，我居然在公寓沙发上睡着了，二十年来第一次入睡。”超人先生说。

“有一个问题，”柯雪打断道，“在进行时间旅行时，光速飞行的时间是如何计算的，就是说你怎么确保自己准确回到当晚的十二点？”

“这是一种感觉，变态人都有这种第六感，就像生物钟那么准确。”超人先生苦笑着说。

柯雪“哦”了一声，示意超人先生继续。听故事的同时，他开始回忆之前的故事，看似荒谬的科幻故事，是能拼出逻辑来的。

9

浮云、朝露，阳光照在我脸上温暖异常，我睁开眼，已是翌日早晨。许久没有做梦，我希望昨日发生的一切都是梦境，但当转身时我发现，女人的尸体就在我身边，与我共度一夜。

“我欠你一条命，马上就还给你。”我对着尸体说，女子的尸体已经僵硬，口鼻中的血迹变为暗黑色。

我决定结束自己的生命。现在是早上六点，我的超能力将保持到次日凌晨。等到超能力退去，我想以跳楼的方式离开人世，据说那是最没有痛苦的，只会承受些许失重的恐惧，这对我来说已是家常便饭。

如何度过这十几个小时呢？我不想做一个饿死鬼，我在冰箱里搜索着，找到多份酸奶和真空便当，女人一定是个宅女。

喝着酸奶，将便当送入微波炉。我本可以用掌心烤热便当，想起哪怕在米兰时也没用微波炉煮饭，我不希望带着这样的遗憾离去。

等待便当出炉的时间很漫长，不经意间，我看到房间墙角堆着厚厚一摞记录簿，远远看去只看到棕色的硬质封面，我好奇地走了过去。

公寓朝东的这块角落或许是书房性质的区域，土黄色的书桌靠墙放置，日记就放在书桌上。书桌旁有一把橙色靠背椅，阳光穿透墙上的玻璃窗，正好打在椅子扶手上。

这些记录本是女人的日记，总共十本，封面用油彩笔写着年份，最上面一本是“2014”。

我翻开2014年的日记。

收回先前说的话，女人并不是宅女，相反她喜欢旅游，很多篇日记都是她的旅游随笔，同时记录的还有她的心路历程。

女人有很好的记日记习惯，几乎每天都不落地记录。从日记里我了解到她父母早亡，大学毕业后就留在这里生活，租下一间公寓，搬到小区里来。公寓的房东是个痴迷于乐器的收藏家，公寓似乎被用来作为仓库，装满了奇形怪状且稀有的乐器，女人上门谈房租时在房间里看到过通体透明的萨克斯，还有一架超大钢琴，顶盖上躺三四个人应该不成问题。

女人住进公寓后，在网络上经营着店铺，平日里不需要外出上班，与邻里往来也不密切。她曾经只和一个叫丝丝的人亲近，丝丝日夜陪伴着她，与她形影不离。也许在别人眼里她是一个孤僻的女孩，日记里的她却看不出一点失落情绪，她的笔触永远蕴含极易满足的幸福感。

多善良的女人啊，不，用女人称呼她或许不适当，日记上记录她2013年才大学毕业，该叫她女孩。尽管孤身一人，女孩仍旧快乐地生活，游历山川、上街购物、网上进货，每个环节我都感同身受，好像曾陪在她身边经历一切。

我看一眼床上的女孩尸体，颈部尸斑清晰可见，毫无生机的她已经成为一件物体，与日记中的形象大相径庭。

令我自己都很意外，看到尸体、闻着微弱尸臭的我吐了，能很清楚地感受到胃部收缩，吐出的全是清水。沉浸在日记之中使我忘记了吃便当，它仍旧在微波炉里，而不知不觉间已是下午六时整。

打开灯，我从微波炉里取出便当，却难以下口，脑子里都是女孩生前的样子，或许幻想的成分多一点，她干净、清澈，那美好的形象让我想到洁白无瑕的玉石。

我重新打开日记本阅读，与女孩一同欢呼、一起徜徉，直到我疲倦地睡去。那晚我做了一个梦，梦见与女孩手牵手奔跑在雪地里，当我想借机亲吻她的时候，她口中吐出一条令人作呕的蛆虫。

我终究放弃了坠楼自杀的念头，每天的全部就是进入日记。日记里的一切都变得那么真实，我开始害怕回到现实，在我看来现实才是梦魇。

读完“2014”，接着读“2013”。女孩还是那个女孩，她的音容笑貌随着阅读呈现在日记本上，然而当我伸手去摸，那纯净的脸庞却像烟尘一般散去，触碰到的是冰冷苍白的纸面。

这时我才意识到，在她的快乐回忆中，我只是一个旁观者，无法与她产生交集。日记像一部播放的电影，任凭观众山呼海啸，电影里的人物永远无法感知，因为一切已成定局。

10

“丝丝是她的宠物吧？”柯雪递上纸巾，这次是替超人先生擦泪。

“我猜是的，它一直陪伴着女孩，直到今年年初时因为发了狂躁症攻击路人被民警击毙。”超人先生眼中密布血丝，强笑着接过柯雪手里的纸巾，还不忘说一声“谢谢”。

“我懂了。”柯雪终于再次入座，“女孩日记里并没有提到丝丝是宠物狗，她一直用写人的笔法描述丝丝，所以你要改名丝丝，为的就是想进入日记，常被女孩提起，看似与她一同生活过？”

眼泪顺着超人先生的脸颊滴到桌面上：“有些自欺欺人，是吗？除此之外还有什么办法？”

超人先生是一个痴情的人。柯雪心软了，随后的发现却让他感到失望，毫无疑问，柯雪是想站到超人先生这边的。

对于这间密室，柯雪原本想从超人先生的故事中找寻逻辑、线索，直到他注意到单身公寓的房门。紧闭的汪利防盗门正中被划分出一个正方形区域，这区域的颜色与门的颜色非常接近，几乎融为一体，若不是极力观察，很难发现边缘处的黑色切割线。

房门是反锁的，房门正中的方块区域如果能打开，凶手是可以从这里出去的。然而等柯雪走近触摸防盗门，才发现之所以划分出方块区域只是为了美观，与外界并不连通。况且，这个正方形划分得不够大，无法让人通过，除非是儿童或者动物。

柯雪笑了，他想自己找到了答案。

“后来你怎么处理的女孩的尸体？”柯雪朝卧室区望去，女孩的尸体原本就躺在那里。

“我给自己注射了药剂，然后带她飞到海边，葬在那里。日记里她曾多次提到喜欢听涛声。”哭泣使超人先生的声音变得断断续续，“我是在七十二小时后埋葬她的，那时候尸体僵化已经消失，她的身体像云彩般柔软美好。”回忆着当时的情景，他疯狂地用拳头砸桌面，指间流出殷红的血，他也没有停下拳头。

柯雪暗暗下定结论：眼前的男人应该是个强盗，入室抢劫并杀死了原本的屋主——女孩。他早年父母双亡，一直缺失爱与关怀，本来内心就非常脆弱。当他找到爱的时候，深爱的女孩已被他自己杀死，且死相恐怖，瞬间精神世界崩塌，所以编织这种科幻故事来逃避现实。

尽管柯雪很同情超人先生，还是打算出门就联系警方，交给警方处理是最好的方法，但是此刻他还有一个问题需要问超人先生。

“你是怎么做到的，把身份证上的名字改为丝丝？”柯雪问道。

得知这件事源于柯雪的叔叔王叔的一句话。王叔任职于刑侦支队，与柯雪往来密切，受到他的影响，年幼时柯雪就对推理破案表现出浓厚兴趣。王叔也愿意把一些有趣、奇特的案子和柯雪说说。起初只是单纯分享，没想到柯雪光听案件描述便能得出一些推理方向，顺着他的思路，有几次还真的命中真相，为破案出了一份力。

那天下班后王叔来到柯雪家吃饭，看到桌底下的宠物狗“丝袜”，王叔笑着告诉柯雪，今天查阅市民改名档案时，竟发现电脑里有个大男人把自己的名字改作“丝丝”，弄得自己像个宠物。

柯雪知道百家姓里没有“丝”姓，顿时起了好奇心。赋闲在家的柯雪本就对各种奇异事件十分痴迷，在王叔的帮助下，第二天就到支队里去看男人丝丝的资料，电脑资料里还有男人的照片，以及他所住的地址。

“原来是这样，所以当你在路边遇到我时叫我丝丝，我明明才刚改好名字。”超人先生恍然大悟，悲伤的情绪不见踪影。他的情绪在短短几分钟内，经历了数次大起大落，的确是普通人难以做到的。

“是的，守在小区门口的策略看来没错。”柯雪说道，“只是我没想到你会请我进屋喝茶。”

“在生命终结前，人总希望留下点什么，而不是悄无声息地消失，连身份都无法确定。”超人先生悲观地抽了抽鼻子，“除了导师，这个世上没人知道我是变态人。

“你还没告诉我，怎么做到改名的？”柯雪问道。

“长期定居米兰，我在国内的身份已经注销，通过正常手段无法改名。”超人先生说，“但不要忘了埋葬女孩那天我注射了药剂，连夜到公安局用意念进入资料库修改档案不是难事，你看，我还做了个新身份证。”超人先生炫耀似的拿出新身份证，姓名一栏赫然写着“丝丝”。

“都这么熟了，你就不能说句实话……”柯雪感觉自己再次被忽悠。

“十二点十分了。”超人先生抬头看钟，忽然变了脸色，显得极其焦急，“那个密室谜题你想出来了吗，我的时间就要到了，难道要带着疑问上路？”

“怎么说呢，其实当时的这间公寓，不能称为真正意义上的密室。”柯雪说。

“你解开了？”超人先生笑道，“快告诉我。”

“事先说好了啊，我告诉你解开密室的方法，你也得跟我说实话！”柯雪开出交换筹码。

“那是肯定的！”超人先生迫不及待道。

“好，跟我来。”

柯雪与超人先生一同走到房门前，柯雪指着房门问道：“这是什么？”

“门。”虽然不知道柯雪的用意，超人先生还是乖乖地回答道，为了严谨起见还补上一句，“汪利牌防盗门。”

“的确是门。当我们看到日常生活中熟悉的东西时，往往会对它们放松警惕，潜意识也会把原本分离的东西归为一个整体。如果我告诉你我看到的是两扇门呢？”

“两扇门。”超人先生复述道。柯雪原以为超人先生会露出吃惊的神情，谁知他竟然如先前一般面不改色。

“你看这个方形区域，凶手作案后并不需要打开房门，而是打开这方块区域逃脱。”

“不可能。”超人先生连连摇头，“这区域只是装饰，无法开启，它的体积甚至不能容纳一个成人。”

“我只是提供一条思路，并没说方形区域就是第二扇门。”

“难道这上面还隐藏着门？”超人先生凑近房门，几乎将脸贴在汪利防盗门上。

“现在让我们跳出刚才的思路。我是想告诉你，其实这扇汪利门才是隐藏在真正大门中的第二扇门，它才是真正大门上的方块区域啊。”

“嗯，你是说……”

“是的，其实房门所在的墙面才是真正的大门。我记得你说过，女孩的房东是个喜欢收藏五花八门奇怪乐器的收藏家，女孩也在家中看到过超大型钢琴，或许房东并不想拆卸古董钢琴，想将它原封不动地搬进来，这才将墙面改造成了大门，方便搬运乐器。你看，墙面的交界……”

柯雪原本打算骄傲地阐释解开密室的关键，却没想到超人先生伸手让他停下。

“你是不是想说，墙面的交界处，照理不会摆放装饰品，但是眼前这扇门所在的墙面交界处却有一些小镜框，表面上是装饰作用，其实是为了减少真正大门与墙面的整体不和谐感？最重要的，是隐藏真正房门——也就是墙面与墙面交界处的那把铜锁？”

超人先生拿掉墙面交界处的镜框，镜框中原本裱着一幅油画，油画上中世纪的城堡寂静而神秘。除去油画，交界处显露出一只锈迹斑斑的铜锁，是老式带扣的那种。

柯雪后背一阵凉飕飕的感觉，不敢相信地看着超人先生，自己所推理出的一切，竟然早已被超人先生熟知。他无言以对，紧握双拳，指甲要嵌入皮肤里去。

“你已经很了不起，小小年纪思维缜密，能想到这一点。”现在轮到超人先生安慰柯雪，即使他是疯子，那也是个心地善良的疯子。

“不不……”柯雪面色发白，“不可能。”

“你说得对，在那种紧张到窒息的杀人夜，再警惕的人都会被潜意识左右，只是一眼看到汪利门，无视这扇以墙面为门的隐藏之门。但是不要忘了，我是变态人，我的眼神比任何人都敏锐，杀人夜当晚我就发现了隐藏之门。”

“说谎。”这次是柯雪惊慌道，“既然你早发现隐藏之门，先前怎么不说，等到我发现才装作早已熟知，一定是顺着我的思路，直到刚才才发现隐藏之门。”

超人先生指着铜锁道：“你自己看，这铜锁是扣着的，别忘了按照你的推理，凶手是从‘墙面门’离开的，那锁就应该是开启的。”

“本来是开启的，是你……是你之前把它锁上了。”柯雪感到自己有些精神恍惚，不知所云。

“你不是认为我是顺着你的思路发现隐藏之门的吗，那我哪来的时间锁门？”超人先生发现柯雪阵脚大乱，继续道，“即使出于各种目的死者建造了这扇隐藏之门，凶手怎么会发现它的存在？”

“凶手或许是死者认识的人，早就发现了隐藏之门，所以这是一场蓄意谋杀。”柯雪捂住脑门，冷汗不住地流下。

“但是凶手并不知道我会因为时光倒流出现啊，他完全可以大摇大摆地从汪利防盗门出去，何苦设置一个‘密室’呢？”

情势发生巨大逆转，柯雪心中忖道：“不应该是这样的，我才是侦探啊，怎么……”柯雪没有心思听超人先生说话了，他的自尊心受到极大打击。

不，一定在说谎。柯雪反复念叨，也许是超人先生在发现尸体后又发现了隐藏之门，也猜出了凶手真正的、并非密室的杀人手法，先前没有提及，为的只是增加自己科幻故事的可信度，铜锁是超人先生自己锁上的，为了造成密室的假象！他尽力维护密室的存在，是为了让我相信不可能事件的存在，相信他作为超能力者这样荒诞的事情的存在。

一定是这样，一定是这样！柯雪心中不停地想，像是要加强心理暗示，肯定自己的思路，猛然间，他睁大了眼睛。

等等，到底谁才是疯子，谁才在自欺欺人？

柯雪有些喘不过气，他的思路被挤压到死胡同中，现实中的他也在不知不觉中向后退，直到撞上冰箱。

“我怎么了？”这一撞将柯雪撞醒，他晃了晃脑袋，晕眩之感才微弱了一些。

“现在你相信我是超人没？”超人先生说道，眼神中充满期待，柯雪仿佛感受到了他周身散发出的莫名的凄伤气质。

一瞬间，柯雪觉得超人先生很可怜。不管他是不是超人，四十多岁的人站在这里和一个才高中毕业的孩子折腾，只是为了一个名头。不，他是在证明自己存在过，也许过了今天，再也没有比这更好的机会了。

他动了恻隐之心，这是双鱼座的硬伤，即使无数次提醒自己，站在眼前的男人是杀人犯——却也无济于事。

“我……”

柯雪很想安慰他，然而最终还是说了声“不”。

“算了，也许注定就是这结局。”超人先生失望地摇了摇头，原先如星辰般闪耀着微光的双眼在刹那间变得无神，只剩下平静的等待。

“能回答最后一个问题吗？”柯雪问，他已经满头大汗，长舒了一口气。

超人先生没有说话，点头示意他尽管问。

“我记得你说导师曾留下三瓶药剂，你用了两瓶，拿出最后一瓶药剂给我看，就能证明你的身份。”柯雪忽然希望超人先生能释然地笑着递给他药剂，像看电影一样，柯雪入戏了，他希望超人先生是真正的悲情英雄。

“昨天上午九点注射用了。”超人先生道。

“派什么用场？”

“当天夜里我隐身进入‘天齐’公司金库，盗走了那里所有的金条。”超人先生拉开桌边抽屉，里面竟真的被大大小小数十根金条塞满。

天齐公司是省内物流界的龙头企业，柯雪的大伯就在那里工作。

“我在金库里留了我的新身份证复印件以及这里的地址，天齐公司每天中午十二点准时开库核对账目。”超人先生看看身后的撞钟，“我想现在他们正带着警察赶来。”

“天啊！”柯雪震惊，目光不离金条。他知道天齐公司金库守卫戒备森严，有配套红外线防盗设备，一般人不可能轻易偷走金条。

“你到底是谁？”

“超人！”超人先生笑道。

倏然间，门被撞开，三名持枪公安人员迅疾地冲进公寓将两人制伏。说是制伏，实际上柯雪与超人先生根本没有反抗。

两人的头被重重地按在桌面上，柯雪听到超人轻轻地对他说：“《米兰体育报》，一九九六年三月一日头版。”

柯雪还没反应过来，超人先生忽然奋起反抗，他力气奇大，将两名公安撞倒。柯雪裤袋中的刀子不知什么时候到了他手上，超人先生持刀砍向一名公安。

“别开枪，是刀背！”柯雪大声呼叫，因为被按倒在地，声音变得很古怪，柯雪自己听着都觉得陌生。

枪声响起，超人先生重重地摔倒在地，再也没有起来。

“不……”柯雪绝望道，“他用的是刀背……”

新版身份证从超人先生上衣口袋中滑出，“丝丝”两个字被血染红，无法辨认。

被击毙，超人先生选择与丝丝一样的归宿，彻底与日记里的丝丝化为了一体。

尾声

少愚开门看到柯雪的时候，第一句问候居然是：“出狱快乐啊！”

柯雪苦笑，实际上向警方说明情况后，当晚他就被释放了，要不怎么有时间打电话给老同学蒋少愚？

进门换鞋，柯雪问道：“昨晚托你做的事情怎么样，网上能找到那张《米兰体育报》吗？”

少愚带柯雪进入卧室，指指桌上那台外星人电脑：“你看，这不是在找吗？我翻墙出去忙了一晚，终于找到一个意大利当地的网站。不过这网站居然没有搜索功能，我正在一张张翻，相信十年内能找到一九九六年三月一日的《米兰体育报》。”少愚打趣道。

蒋少愚并不是计算机高手，但他似乎很喜欢收藏电脑，长桌上就摆了七台电脑，全部开着机，被一台集线器连着。

“那你慢慢找，我先休息一会儿。”柯雪躺在少愚床上，翻了个身。

“欢迎收看神探西门……”客厅里电视机传来嘈杂的声响。

“已经中午十二点了吗？”柯雪是神探西门的狂热观众，每一集都不曾落下，即使中午在学校也会偷偷溜到拉面店里收看。

“这是我买的碟子，不是电视里放的。”少愚一心操作电脑，头也不回，“你这人也真是，听到开场白就一定十二点了？”

“听到开场白就一定十二点了……”

少愚的话萦绕在柯雪耳边，倏然间，柯雪打了个激灵，脑海中浮现出一个黑衣人在雨中的场景，是超人先生科幻故事里的黑衣人。

黑衣人的电子表开始报时，报的是凌晨十二点。

“这就是开场白啊！”柯雪大叫，从床上跃起。少愚以为他还在讲神探西门，也没有问，继续目不转睛地盯着电脑屏幕。

柯雪猛拍脑袋，他终于解开所有的谜团了。

超人先生根本没有穿越时空，有人限制了他的飞行速度，使得他永远无法达到光速。是黑衣人干的！本来已经离开楼道的他再次返回，算准超人先生回来的时间，把电子表调回十二点之前。等到超人先生从云层上下来，黑衣人重复先前的动作，使得超人先生误以为时光已经倒流。

当然，在这之前，黑衣人曾进入女孩的公寓，先把屋里时钟的时间往回调，然后反锁上门窗。

他如何离开公寓？是穿墙术。既能控制超人先生的飞行速度，算准超人先生从云层上方下来的时间，又能自如使用穿墙术、对超人先生的行为了如指掌，控制案发时往来的行人、天气等意外搅局因素，只有一个人能做到——导师，黑衣人就是导师！

超人先生的导师没有死，他是假死。超人先生曾向导师透露过自己萌生退意，导师也能体会到超人先生的痛苦，然而变态人想要退出，必须洗脑。导师知道超人先生继续执行任务全是为了他，不忍心洗去与超人先生二十年的师徒情，但也不想看到超人先生继续行尸走肉般地生活，就制造了假死事件，把生活的主动权交还到超人先生手中。这也是后来闪电没能杀死超人先生的原因，变态人根本就不害怕闪电。

导师对超人先生很仁慈，时刻关注着他，只要超人先生不违反规则，导师同意保留超人先生的记忆。

发现超人先生要逆转时空时，导师无法坐视不管，但是已经“死”去的他该如何出场？最终他选择和超人先生开个善意的玩笑，不用让自己“死而复活”，也能让超人先生断了“改变历史”这条心。

超人，他真的是超人！柯雪瞪大眼睛。

“既然你这么疼爱超人先生，为什么最后不救他！”柯雪伤心地喊道。

与此同时，少愚惊恐地看着柯雪，痴痴地说道：“我在网上找到那张报纸了，头版头条是一张飞机即将坠落的照片。”

柯雪立刻起身，来到电脑旁：“在哪里？我看看。”

少愚示意柯雪看电脑屏幕，柯雪感觉到少愚整个人都在颤抖，不知是因为兴奋还是恐惧。

“很正常的一张照片啊，怎么了？”柯雪对着电脑屏幕看了好久，并没有看出任何端倪。

“报上的照片一放大就失真了，于是我又用搜图在网上找来了当时照片的电子版。”少愚脸色苍白，手指屏幕上的照片，“我把电子版照片放大处理后，你再看看，这是什么？”

照片中的飞机底部，有个奇特的黑影。这黑影分明是一个人形，正双手托举着即将坠落的飞机。

真正的尾声

如果这件事不发生，我或许仍旧顶着救世主的光环，虽然在实用主义者、功利主义者的眼中，这光环正在逐渐褪色。

我想这是一次有预谋的劫机行为，两架飞机不可能同时出现故障，一同向米兰市中心坠落。救起第一架飞机后，我以音速飞向另一个事发地，按这样的速度飞行，赶到时飞机离地面应该还有六七十米的距离。

但是我有意放慢了速度，虽然这一念头让我的脑袋差点爆炸，然而我还是挺了过来，眼看着飞机从指尖滑过，火焰映红我的脸庞。

哭喊声中，我听到一个声音：“我们不需要超人！”

是的，这个世界不需要超人。

无 人 问 津 的 推 理 剧 场

其 二 ： 本 格 推 理 剧 场

密室的漏洞

我闭上眼睛，

双手合十，

为自己即将犯下的罪孽忏悔。

1

“寻儿快上三年级了吧？”

徐妙说这句话的时候，我的目光聚焦在屋顶下方的横梁上，横梁是木制的，上面有虫子般弯曲的纹理。

“四年级。”

我纠正，指尖触碰到如棉絮般松软的东西，是所坐沙发裂口上的海绵。“过了今年夏天，就升四年级了。”

整间屋子没有装修过，地面是那种老房子常见的水泥地，家具也只有寥寥几件：木床、橱柜、餐桌，几年来没有变换过位置，连药盒都依然搁在窗台上的盆栽旁，按大小从左往右排列，徐妙的强迫症一点都没变。

或许，那就是他臆想症的开端。

“都三年了，真快。”徐妙靠着椅背，说，“有些话，我早想对你说，怕你会介意。”

“没事，你说吧。”我双手交握，说道。

“你有没有想过，领养寻儿是个错误？”徐妙说，眼睛平视前方。

“为什么？”我笑了，笑容生硬，连我自己都觉得假。

“三年前你领养他，但是他跟着你没有过过一天好日子。”徐妙说，“我难得去次医院，路过你家，看到他在给人家店里搬东西，手里捧着的箱子都快比他个子高了。”

“……”

我当然知道寻儿出去给人做活儿的事情，被徐妙提起，心里泛起一阵绞痛。

徐妙停顿了一会儿，忽然又问道："你有没有问过自己，这个世界上还有多少人爱你？多少人爱你是不带任何私心的？"

我迟疑，这是我没有考虑过的，过去能斩钉截铁地说出父母的名字，但如今他们已不存于世上。他们死于一次严重的车祸。

有无数熟悉却又陌生的脸庞出现在我的脑海里，他们有我的亲戚、当兵时的战友，只是都像走马灯一样掠过。

最终留下的，是寻儿带着笑容却有些憔悴的脸。

我迟疑的时候喜欢搓手。

三年前，领导带队去福利院慰问，例行完程序后，我和同事们一起在院子里晒太阳。

"没发现吗？有个孩子一直盯着我们。"同事小袁将烟头随手一扔，点起第二支烟，其实福利院是禁止吸烟的。

我装作不经意偏转过头，果然看见一个男孩，他站在灰黑色的屋檐下与我们保持着一定的距离，怯懦地看着我们，眼神中却又有些期待。

"你领养他吧。"我说道。

"开什么玩笑！"小袁笑道，"一个孩子都管不过来，下了班我还得去接孩子。"作为父亲，小袁很合格，我从没见他在自己孩子面前抽过烟。

男孩似乎听到了小袁的话，我再次看他的时候，留给我的是背影，他走了。

不知不觉中手掌已被我搓得红热，我也找到了答案。

寻儿对我的爱一定是最真实的。我很庆幸当初做了收养他的决定，即使走到末日的尽头，至少我还有寻儿。

“我从来不觉得那是个错误，我能给寻儿最真挚的爱……”我说。

“只是爱就足够了吗？”徐妙打断我，点燃香烟后，将香烟盒放回桌上原来的位置，“爱能当饭吃？能给他像样点的生活？”

我沉默。

徐妙说得对，除了爱，我根本无法在经济上给寻儿带来好生活。

“只有确定能混出个模样，我才会考虑要个孩子，免得跟我一起受罪。”徐妙说道，“现在看来，我这辈子不会有孩子了。”

“不要瞎说，振作起来。”我说，“被辞退再找个工作就行了。”

“没有你说得那么轻松，瞒不住的，这已经是第三次了，没有单位会要一个重度臆想症患者。”徐妙环抱着胳膊，肘上的皮肤被抓得发红。

“我记得当初你还很乐观，说和咱们崇拜的军神蒙里梅尔患了同一种病。”我安慰他说。

“我们都知道，蒙里梅尔后来自杀了。”徐妙说，面容有些痛苦。

“我现在每天都觉得有人要害我，回家第一件事情就是反锁屋门，一闭上眼睛满脑子都是幻觉。”徐妙望向卧室，床头放着一把短柄气手枪，几年来一直搁在那里。退伍后徐妙本来用它打麻雀消遣，后来也没有上缴，“只有把它放在我触手可及的地方，我才勉强能睡着。”

“配合医生，一定能治愈的，又不是什么绝症。”我皱皱眉头。

“不会的，我都懂。”徐妙斩钉截铁地说，“只有一种方法能结束痛苦，希望你能帮忙。”

“你说，如果我能帮上的话。”

“杀了我。”徐妙面无表情，坚定道。

“什么？”短暂的无言以对，然而我还是挤出了两个字。

“杀了我。”徐妙重复了一遍，“还记得我刚才问你的问题吗？在这个世界上，我已经找不到无私爱我的人，哪怕一个。”

哀莫大于心死。

我重重地咳嗽着，直不起腰来。

“我开玩笑的。”见我被吓得不轻，徐妙神色稍缓，“真要死，也不能拖累你不是？”

“我还要给寻儿做饭，先走了，以后再来看你。”我捂着胸口，慢慢起身，迈步走到门边。

徐妙没有阻止我，也没有再说话，身子往后倾，靠在了沙发靠背上。

我伸手去开门，拉了一下没有反应，才发现门被反锁了。

果真，连有人在屋里的时候，徐妙都会下意识地反锁房门。

2

这是一个诡异的故事。

一位年过半百的贫苦老人，与他的小儿子住在乡间小屋中，小屋后面有一个较深的湖，服侍老人家的还有一位来自邻村的用人。

一日，由于要出趟远门，住在城里的大儿子将自己的两个女儿带到老人家中请用人照顾。两个小姑娘今年九岁，姐姐很是听话懂事，沉默寡言。妹妹的性格却与姐姐大相径庭，调皮捣蛋，性格叛逆，对任何事物都充满好奇。对于大儿子的托付，用人自然是满口答应，但是大儿子刚走，用人交代了女孩们几句，也随后离开，原来是用人家的亲戚今日盖屋子，他要前去帮忙。

用人离开仅三个小时，老人发现自己的小儿子失踪了。老人焦急地满屋子寻找，却不见儿子的踪影，直到他走出屋子，才发现小儿子站在院子中央，惊人的是他只剩下从肚脐到脚的下半身，上半身就像蒸发了一样。老人受了惊吓，当场晕倒在地。

与此同时，原本在屋后玩耍的妹妹看到了一只浑身燃火的赤红怪物，那怪物身长八尺，身体如豺狼虎豹，面目如魑魅魍魉，妹妹见此怪物并没逃跑，反而迎了上去。

蒋少愚将桌上的红茶一饮而尽，才发现小胖柯雪的心思已转移到晚报上。

半年不见，柯雪的脸颊紧绷了许多，但仍不能摆脱小胖子的身份，就好比一张摊饼，上面的料再少，横切面总还在那儿。

少愚咽了口唾沫，嗔怪道："你看，我说得这么累，你却心不在焉。"其实少愚知道，除了面对十分吸引人的悬案资料，柯雪是一刻都不会专注下来的。

柯雪眼不离报，示意少愚说下去："我知道这是铺垫，在等你往下说。"

"最后老人家惊吓过度而死，而妹妹则是溺水身亡，尸体等到用人回来后的第二天天亮才被捞起。"蒋少愚的兴致减了大半，匆匆将故事述说完。没有观众，再好的戏也出不来。

柯雪放下晚报，推了推黑框眼镜，面无表情地说道："少愚，这就是你看到的所谓最棒的推理小说？"

少愚不想让柯雪小瞧了，连忙补充道："这个可是我在《超级大神探》上看到过的周最佳推理小说，故事里的怪力乱神事件，都能用常理解释的，不是什么灵异小说。"

"事无怪力乱神，只因断章取义。"柯雪喃喃道，脑袋还微微抖动，一副旁观者清的高深样子，在少愚看来十分欠揍。

"那你说说这故事到底是怎么回事。"少愚不服气道。

少愚去年考上了计算机系的研究生，今年暑假伊始，他刚回家便来到柯雪开在中山路边的饮料吧，找柯雪叙旧聊天。当柯雪告诉少愚饮料吧其实是作为自己的私家侦探基地，接受各种疑难事件调查时，少愚立刻想到了这个故事，若是连这个谜题都解不开，柯雪还是老老实实卖饮料吧。

饮料吧门面并不算大，不到对面永和豆浆的三分之一。半年前刚开张的时候，墙上贴满了柯雪精心收集来的全球奇特案件的简报和摘要。如今，柯雪的那些“宝贝”被五颜六色的便笺所替代，便笺上写的都是些预祝学业进步、爱情顺利的美好心愿，与普通的饮料吧已无区别。

柯雪伸手将其中一张有些翘起的便笺抚平：“少愚，你讲的故事中所有的怪力乱神事件，都与致幻药剂有关，无论是老人看到儿子半截身体，还是妹妹看到红色怪物。”

“致幻药物指的是？”被柯雪一言道破，少愚颇感意外地眨眨眼。

柯雪微微一笑，说道：“是老人服用的治疗精神疾病的药物。”

“我之前提到过老人生病？”

“没有，但老人一定患有精神方面的疾病，用人有一项任务就是定时让老人服药，结果用人临时有事，临走前将任务嘱托给两姐妹。不过两姐妹失信于用人，导致老人精神疾病发作，所谓看到半截身子的小儿子，是幻觉，是被拦腰砍断的树。没错，老人精神恍惚时，一直将院子里的树当作小儿子。为什么小儿子是树？我注意到故事中的用人帮助亲戚盖屋子去了，他很有可能砍下院子里的树当木料。”柯雪一鼓作气说完，观察少愚的反应。

少愚身着黑色运动衫，这使他的脸色比以往显得更白也更尴尬，他没想到自己的难题被柯雪迎刃而解，然而还是不服输道：“你凭什么确定老人有精神病？”

“老人是个贫苦农民，没有精神方面的疾病，为什么要请用人？还有，注意，大儿子是将两个女儿托付给用人而不是老人，更可以佐证我的观点。”柯雪已经开始看起杂志。

“但是……”少愚好似抓到救命稻草，“请用人也可能是老人在肢体上有所缺陷，怎么就一定确定为精神上的？”

“其实，故事里的几乎所有推理论断都很牵强，之所以我猜得准确，根本原因是……”柯雪狡黠一笑，“这篇文章我看过。”他将手中的杂志竖起露出封面，正是一本《超级大神探》半年合订本。

“你作弊！”少愚哑然失笑。

“看到半截人站在空地上，又看到红色怪物这么灵异的东西，国产悬疑推理小说在无法自圆其说时，最喜欢把一切都归结到这里出了毛病。”柯雪指指自己的脑袋，“顺着这个解谜套路，多少还是能够反推出作者意图的。”

“那么关于妹妹的溺死呢？杂志并没有公布答案，希望读者来信给出自己的解答。”少愚问道，“你怎么看？”

“除了致幻药剂，你的故事中还包含了一个推理小说中惯用的伎俩——身份互换。两个年纪一样的亲生姐妹，孪生的可能性很大，年幼时相貌基本是一样的，也许连衣服裤子都是顺带买一样的。”柯雪说，“故事中说到姐姐温顺听话，妹妹调皮叛逆，所以，用人留给姐妹俩的药物，很可能被顽皮的妹妹偷偷服下了。药效发作时，妹妹把在湖边玩耍的姐姐看成怪物，将姐姐推下湖。也就是说，溺死的是姐姐，并不是妹妹。药效过后，妹妹怕大人怪罪，所以干脆一直扮作沉默寡言的姐姐。调皮好动的‘妹妹’失足掉入水中溺死，这个理由没有人会生疑。”

“原来是这样……”少愚点点头，忽然有了挫败感。

见少愚一脸认真，柯雪“扑哧”一声笑了出来：“你还真信啊！

刚才全是我胡扯乱掰的，忘了这篇小说吧。我来给你说个小故事，调解下心情。”柯雪收起少愚喝完的红茶杯子，转身回到柜台里，调起奶茶来，“小明对小刚说：‘你猜我口袋里有几块糖？’小刚说：‘猜对了你给我吃吗？’小明肯定地点点头：‘嗯，猜对了两块都给你！’小刚咽了咽口水说：‘我猜有五块。’”

少愚被逗乐了：“这个笑话我听过，小刚和小明两个人都很老实。”少愚脑海中立刻浮现出小明和小刚憨厚的神态。

柯雪将调制瓶中的奶茶倒入玻璃杯，舔了舔溢在拇指上的残余奶茶，说道：“如果我告诉你，小明其实有三块糖呢？”

少愚微微一怔，脑海中缓缓浮现出两个精明男人的形象。“明白了，小明也可能是故意想误导小刚，而小刚并没有中小明的计。”

奶茶被端到少愚面前，柯雪坐下笑着说：“不需要宏大的谜面，身边的许多小事、细节都是值得推敲的，而在思维时，最需要克服的，就是‘下意识’。”说话间，有顾客点单，他再次回到吧台里。

“话说，你现在还会参与刑警队的破案吗？”少愚问。

“偶尔啦，多数时候也帮不上忙。”柯雪踮起脚从货架上拿下奶精，“纸上谈兵的推理和刑侦侦查完全是两回事，经历的案子多了，也就明白自己有几斤几两了。”

“你不是说这里是你的私家侦探基地吗？”

“嘿嘿，只是宽慰一下自己罢了。”柯雪说，“毕竟是年少时的梦想。”

少愚望着小心翼翼调制奶茶的柯雪，与高中时期那个一心想要加入刑警队的意气风发少年一比对，心中有些不是滋味。

“渴死我了，赶紧给我来杯饮料。”少愚背后蓦然传来一声吼，中气很足，出自一个留着小胡子，还戴着一顶硕大的牛仔帽的中年男人。

“王叔来了？又是无事不上门吧？”柯雪搅拌着量杯里的奶茶。

“少说风凉话，关店吧，活儿来了。”王叔拍拍手里的档案袋，抄起少愚的奶茶喝个精光，丝毫没注意到少愚吃惊的表情。

这男人就是柯雪的叔叔，据说曾经是小有名气的刑警，辞职后在政法学院任客座教授，但是投身教育界的他并没减弱对刑侦的热爱，每有案情，警界的老朋友还是会去找他帮忙，他也欣然接受。

少愚猜到男人的身份，毕竟柯雪过去经常提起他，只是模样远不如自己想象的干练。

“你有事，那我先走了。”与王叔打过招呼后，少愚识趣地说道。

“我送你。”柯雪没有挽留少愚的意思，两人一同出门。

“估计王叔又遇上棘手的案子，找我来商量了。”

“那挺好呀。”少愚说，“也算实现你当年的理想了。”

柯雪苦笑：“如今警队的刑侦、调查手段已非常细致、先进，像侦探小说中那样靠侦探推理破获案子的情况已经几乎不存在，最多也就是提供些破案新思路而已。”

少愚听着心酸。

“对了，饮料钱。”少愚戴上遮阳帽，忽然想起，掏出二十元给柯雪。

“少来。”柯雪骂道，“多来看我就成，我还挺想你的。”

“转性了？居然说出这种话。”少愚笑道，仔细打量起柯雪。

“破案推理，一个好搭档是不可缺少的。侦探小说界著名的‘诺克斯十戒’中第九戒就是这么说的。”柯雪道，“从高中起你就是我最好的搭档。”

少愚内心暖洋洋的，同时也感到费解：柯雪何时变得如此煽情了？

> 诺克斯第九戒原文：侦探的笨蛋朋友，比如华生，必须将其判断毫无保留地告诉读者，此人的智力须轻微低于读者的平均水平。

3

少愚第二天一早来到饮料吧的时候，柯雪坐在吧台里侧，正埋头于茫茫案件资料与报纸中，神情严峻。饮料吧里两台全天开着的液晶电视终于得到片刻休息，吧门上挂着的“歇业”二字招牌，非常醒目。

少愚在吧门外犹豫了一会儿，听到饮料吧内传来一声“进来吧”，才推门进入。昨天的位子上，赫然放着一杯奶茶，显然是为少愚准备的。

柯雪从吧台里出来，陪少愚在老位子坐下。少愚瞥了眼他手上的报纸，头版上印着“央行减息”“昨日凌晨珠宝店被盗”“市艺术节开幕”等标题。

少愚看出柯雪心不在焉，关心道：“王叔的案子怎么样了？”

柯雪目不转睛地盯着报纸，像是仍在思考什么，“一件有些奇怪的案子。”

“不奇怪也不能吸引到你不是？”少愚说，将吸管含入口中。

柯雪笑笑，继续道：“案子发生在前天。死者名叫徐妙，男，二十七岁，当过兵，退伍后在冶金厂、毛纺厂工作过，后来下了岗。就卧室抽屉里保存的医疗报告来看，他还患上了重度臆想症。”

“死因呢？”

“徐妙被枪杀于卧室里，房中无打斗痕迹，他身上也没有其他致命伤。法医解剖尸体后，推测其死亡时间在二十四号零点到一点之间。哦，这么说来已经算昨天凌晨了。”

少愚叹道：“案子发生在咱们市？”

柯雪点头。

少愚细细揣摩柯雪的话，没有察觉出奇特的地方，只是有些吃惊，命案居然离自己近在咫尺。

“案发现场，具体是哪里？”

“幻林旁。”柯雪说。幻林在城市的东郊，离市中心还有四十多分钟的车程。

“几乎无人烟的地方，居然会有人在那里买房。”少愚心一宽，好在离自己家还有些距离。

“你是没过过苦日子，幻林旁可没有商品房，是徐妙父亲留下来的平房。”

“哦，是那种房子。”蒋少愚的父母都是公务员，家庭经济状况良好，打他出生起就住在父母单位分配的楼房里，没有住过一天平房。在他记忆里，平房往往处于城市的边边角角，屋里昏昏暗暗，下雨天房间里还会滴滴答答。

“你刚才说枪杀，现在哪里还能弄到枪呀，难道是黑社会做的？”少愚喝着饮料，忌惮地说。

“是气手枪，徐妙是被气手枪打死的。虽然已明令禁止使用气手枪，民间还是有人私藏的。”柯雪说，“徐妙胸口中枪，子弹直接钻入了心脏。发现尸体时侧卧在床上，据推测徐妙临死前应该是坐着背靠着床头，被人用气手枪顶住胸口，射杀后身体失去平衡，慢慢滑倒形成侧卧。”

“这么瘆人……”少愚起了鸡皮疙瘩，他抱住胳膊，问道，“屋里曾留下指纹吗？”

“除了徐妙自己的，倒是发现了一些指纹，其中一枚指纹的出现频率还不小，沙发、饭桌、门把手上都有。”柯雪说，“但是没有比对对象，一时半会儿也查不出是谁。”

“气手枪呢，上面有指纹吗？”

“不知道。”柯雪吐吐舌头，“凶案现场没有找到那把行凶的气手枪。”

“也是。”少愚喃喃道，“凶手行凶后，很少有把凶器留在案发现场的。”

“你觉得凶器是凶手带走的？”柯雪忽然问。

“不然呢？”少愚奇怪地反问道。

“徐妙的屋子，当时门是从里面反锁的，窗户也都是老式的，只能上下倾斜三十度角开启，这点缝隙，人不可能从中通过。”柯雪抬起头，望着少愚，“也就是说，没有人能杀人后从这间屋子离开。”

“那是怎么回事？”少愚坐直身子，双手放在桌面上。

“就是说，案发现场是一个密室。”柯雪说，面颊上带着兴奋的笑容。

“等一下，我还有一个地方没明白。”少愚说，“今天才二十五日，你叔叔是昨天来与你商量案子的，而幻林又是渺无人烟的地方。案发当天就发现死者，不反常吗？”

“说是幻林着火，有人报火警引来消防队，调查失火原因时发现了幻林旁的平房，然后就发现了尸体。”柯雪说，“当然，火势并不大，加之下着雨，没怎么起势就熄灭了。”

“不偏不倚，这个时候着火？”少愚越听越觉得案子内涵玄机。

“那天凌晨倒是下过雷雨，官方说法是闪电击中了树枝引起的，不过刑警队偏向于人为纵火，因为在林子里发现了用来引燃的柴草残留。”柯雪说。

“发生命案后，碰巧又遇上纵火……”少愚若有所思道，“会不会就是同一个人做的？”

“我也这么想。幻林周围渺无人烟，火势又不大，不可能那么快引起人的注意。”柯雪推测道，“可见报火警的人，是最有嫌疑的。”

“可是凶犯为什么要在杀人后纵火、报警？”少愚歪着脑袋，百思不得其解。

“因为他希望尸体尽早被发现。”柯雪稍稍噘着嘴，思考道，“死者徐妙是孤身一人，与其他亲属也无往来，一时半会儿没人会注意到他出了事。”

“让尸体尽早被发现……这么做的意义在哪里呢？”

“暂时还不知道。”柯雪打了个哈欠，说道，“伤脑筋。”

“能不能查到报火警用的电话？”少愚挑出奶茶里的冰块，搁到桌面上。

“是镇上的投币式公用电话。”柯雪说，“任何人都可能拨打。”

“也就是说，线索断了……”

“嗯。”柯雪摊开手，笑道，“不过，我已经有了推理的方向……”

这时，饮料吧的门被人推开，王叔慢悠悠走了进来，脸上挂着悠闲的笑容，手里拿着一只全新的档案袋。

“哟，聊着呢？”王叔轻描淡写地说，将牛仔帽往桌上一放，眼睛开始在桌面上扫来扫去。少愚赶紧用手护住自己的奶茶。

“王叔，是有新发现吗？”柯雪连忙问道。

“新发现？倒是可以这么说。”王叔咧嘴笑道，“实际上，案子已经破了。”

“什么，捉到犯人了？”柯雪有些意外，整个人微微后仰，少愚也是一惊。

“老王出马，还不一个顶仨？”王叔得意地说，自顾自地到吧台里拿了瓶矿泉水，咕咚喝了一大口，然后研究起货架上的各种香料。

“到底怎么回事？”柯雪挽着王叔的胳膊，将他拖出吧台。

王叔就势在少愚身边落座，又喝了一口水道：“昨晚，我们找到了徐妙当年所在部队的连长，他现在在市里的人社局工作。老连长说自己早就不和徐妙联系了，不过，他知道有个叫麦舒的人，也是当年自己的兵，从小就和徐妙关系很好。有了嫌疑对象就好办多了，我们查出麦舒家的地址，当晚派人上门。那麦舒发现我们来，要从窗户逃走，被守在楼下的弟兄当场抓获。”

“就这么简单？”柯雪不敢相信自己的耳朵。

“就这么简单。”王叔跷起二郎腿，“我们从麦舒家里搜出了一把气手枪，徐妙屋里留下最多的指纹，经过比对后与麦舒完全吻合。”

柯雪眉头紧蹙，一言不发，呆呆地看着自己的手背。

“麦舒承认自己是凶手了？”少愚问道。

“证据确凿，他还能有什么异议？只能承认了犯罪事实。这家伙还是徐妙最铁杆的哥们儿，真是人心隔肚皮。”王叔拿起牛仔帽，轻轻扇动。

“杀人手法呢？”柯雪仰起头，问道，“麦舒杀人后怎么离开密室的？”

“根本没有密室，你的推理方向错了。”王叔说，“案发那天晚上，麦舒没有进屋，徐妙卧室南墙上有窗户，离地面大约1.3米，可以上下翻转倾斜三十多度角，徐妙就是通过窗下的缝隙，射杀了倚靠在床头的徐妙。”

“不对啊，我记得昨天你说凶手是抵住徐妙胸口才开的枪。”柯雪回忆道，“你带给我的影印报告上也是这么写的。”

“按解剖时子弹进入人体的角度看，的确是这样。”王叔说，

“但是卧室窗户离徐妙的床铺只有不到半米远，在窗外射击也有小概率造成那样的角度。”

“只是小概率……”柯雪右手撑着脸颊，轻声道，“这样的结论你自己都不信服吧？”

“小概率总强过不可能。”王叔说，“如果像最初设想的那样，凶犯在室内枪杀徐妙，事后他要如何从屋里逃脱？门是从内反锁的，窗也只能上下倾斜一定的角度，这点缝隙凶犯不可能通过窗户逃走，整间屋子就是一间密室。密室就像一堵密不透风的墙横亘在我们面前，纠结于此，便永远只是外围的敲敲打打，案情也只会徘徊不前。”王叔忽然认真道，脸上的笑容早已消失。

“所以你们就打算置之不理，宁可相信小概率事件？”柯雪皮笑肉不笑。

“我们是相信证据，铁一般的证据。”王叔说。

“这个麦舒，是做什么的？”

见柯雪与王叔起了争执，少愚连忙岔开话题，缓和气氛。

“退伍后进了保安公司，给许多银行呀珠宝店什么的当过保安。”王叔说，“家庭关系方面，父母在他高中时因车祸去世。至今未婚，领养过一个孩子，哦，还有一个哥哥在北京，我们现在正在联系他哥哥。”

“有没有在一家叫龙翔的珠宝店任过职？”柯雪低着头没有看王叔，眼神里闪过一抹亮色。

“这我不清楚。”王叔挠挠头，“不过我可以回刑警队帮你问问。”

“杀人动机呢？”少愚忽然想起。

“还不是为了钱，从麦舒家搜出了五十多张百元大钞，其中多张验出了徐妙的指纹。”王叔说。

“不是说麦舒是在屋外射杀的徐妙吗，没进屋怎么带走屋里的钱？”柯雪马上提出疑问。

“麦舒有时会去徐妙家做客，听说是有一次聊着天徐妙睡着了，麦舒就趁机顺走了抽屉里的钱。后来这事儿被徐妙发现了，威胁不归还钱就对麦舒的儿子下手，麦舒于是起了杀心。”王叔说，“这可是麦舒亲口承认的。”

“为了五千多块钱，就要杀人？”少愚不能理解。

“对于常人来说也许不会，但对麦舒就难说了，他下了岗还有个孩子要养活不是？况且……”王叔说，从新的资料袋里取出一沓A4纸，“这是从麦舒家搜出来的日记副本，你们看看吧。”说罢他伸了个懒腰，起身道，“我下午还有课，先回学校了。”

“就这样破案了？”王叔走后，少愚拍拍脑门说道，好像一场梦。

“没那么简单。”柯雪将双臂环抱在胸前，“不觉得一切线索都太显而易见了吗？就仿佛有只无形的手在路面撒下一粒粒诱饵，排成直线将人引向它所希望的方向。”

“你心里有底了，对吗？”少愚试探地问道，希望柯雪像昨天解释推理小说那样说出答案。

“还没有。”柯雪耸耸肩，“想要说服王叔，就要想出犯人从室内逃走的方法，不然一切都是白搭。”

“对了，你叔叔叫什么名字啊，总听你叫他王叔王叔的。”

“就叫王叔啊。”柯雪说，开始一页页翻着影印的日记。

“我问的是全名。”

“大名就叫王叔，伯仲叔季，他在家里排行老三。”柯雪将头埋入资料中。

麦舒的日记足有三十多页，并不是每天都记，最早的可以追溯到十多年前，最近的一篇是五年前写的。

说是日记，却更像演绎笔法，麦舒以冷峻的笔触记述了许多光怪陆离的想法，冷静得像一个局外人，而这些想法大多数都是有违法律的邪恶念头。难得有几篇叙事的，具体地点和里面的人物也都用了英文字母来代替。这是有意为之，如果以后日记被发现，也可推脱为小说创作。

翻动日记的手停止，柯雪的目光也停留在其中一篇日记上。

柯雪的眉头，忽然蹙紧了。

附：影印的麦舒日记（其一）

走出考场，我听到许多同学在谈论中考考题，述说自己在做题时有多么紧张，说得眉飞色舞，天花乱坠，说得我无比落寞。

不知道什么原因，我天生没有紧张感，也许你认为这是一种幸运，但是我也从没体会过肾上腺素急速分泌的刺激。大哥说，这是因为我没有遇到真正在意的事。但是为什么中考，这个让我为之奋斗三年的考验，仍无法带给我丝毫紧张？

我开始绝望，虽然我仍然会和朋友们去游乐园，在过山车上假装着大吼大叫，在跳楼机上“吓”得四肢抽搐，旁边的同学却告诉我机器尚未开动。

直到有一天，我感到了心跳加速、呼吸困难。那时，有一辆装满货物的卡车向我径直冲来，几乎在我面门前刹住车。司机探出头来训斥我的时候，我双臂的麻木感都还没有减退。

我开始明白，只有接近死亡，才能让我感到真正的兴奋与刺激。所以我做了一个决定，我要再次体验这种刺激，而且，要将兴奋感延长。

中考后的暑假，我借着回校看老师的名义来到化学实验室，由于一直担任化学课代表，实验室老师与我熟识，对我毫无防备。我趁他上厕所的时候，从抽屉里拿出钥匙，打开上锁的橱窗找到三氧化二砷[1]，倒了十克到准备好的尼龙袋中。本来是想找毒性更强的氰化钾，然而初中实验室里不具备这个毒中之霸。

得到砒霜后，我没有立刻展开行动，只是静静地等待了一周时间。这一周里我还是像往日一般作息、生活，在父母、长辈的面前也没有表现出异样。其实我早在心中盘算，如果学校老师发现药品缺少找上门来，我该怎么洗清自己的嫌疑。

当然，对工具的准备也不曾停滞。原本用来盛砒霜的是西药阿莫西林的胶囊，但是我嫌它太小，从商店买来两倍大的空胶囊，先前偷

---

[1] 俗称砒霜，高毒性物质。

来的砒霜正好可以放满一颗大胶囊。

这一周特别难熬，也特别清静，并没有老师打电话或者来家里询问我。真是一些大意的人，以为初中生只会打电动游戏吗？

我的行动可以正式开始了。

我挑了一个父母上班的下午，约小A和小B到家里做客，她们对此毫无防备，连我用力锁死房门的动作都没发现。

“来我房里坐吧。”我热情地说道，脸上洋溢着的笑容是用力挤出来的。

女孩们咯咯地笑了，说那怎么好意思。

“都是好朋友，毕业要各奔东西了，还害什么臊？”我从冰箱里拿出零食，摆在房间里的小圆桌上，女孩们立刻被果汁、软糖吸引，进房间坐下。房间不大，只有两把椅子，小A为了让我有座，干脆坐到我的床上，一副很幸福的样子。

我早知道她们对我有好感，进来还装矜持，真是虚伪。两个女孩都是我的初中同学，座位就在我后排，下课时没事就找我说话，傻子都看得出女孩们的心思。今天受邀来我家，女孩脱去校服换上贴身单衣，胸口含苞待放般微微隆起。

窗口忽然飞进一只蜻蜓，这让我颇感意外，关窗的同时我也发现，天空愁云密布，树枝不情愿地随风摇曳着。

女孩们就是喜欢叽叽喳喳地吵闹，安静的家立刻被说笑声填满，这让我很不舒服，好吧，你们再开心一会儿吧，有强烈反差才更令人期待。我耐着性子和她们聊了一会儿天，从衣柜里拿出准备好的透明广口瓶。

女孩们以为是送她们的礼物，要拿过瓶子细看。

我将广口瓶放在圆桌上，收起笑容。

“看到了吧，里面有一百多粒胶囊。”我严肃道。

女孩显然没看到过我这样的表情，笑得更欢，说我假正经。

“小麦，你要干吗？”小A嚼着软糖笑道。

“和你们玩个游戏啊。”我的眼神冰凉。

“你这样怪吓人的，演得不好。”小B轻轻拍了我一下。

我不顾她们抗议，述说起我的游戏规则。

“如你们所见，罐子里有一百多粒胶囊，当然，只有一粒灌了砒霜，其他的都是无毒稍带苦味的药粉。”说出“砒霜”二字的时候我特别注意女孩的神情，她们的笑容本能性地僵硬了。

“真坏，搞什么鬼呢！”小A说。

“我们待会儿要玩猜拳，猜拳的输家将从罐中随机选取胶囊，一旦选中便不可更换，用清水服下，直至有人中毒为止。”我继续阐述规则，语气愈发冰冷。

这就是将紧张度延长的方法。

每一次出拳都是一次冒险，每吞下一粒胶囊都将与死神近距离接触，况且，还有两个无辜的少女一起竞争着死亡，想想就觉得很有趣。

“别闹了，胶囊里面都是藕粉吧？”小A说道，伸手要拿广口瓶。

“我劝你不要乱动，按规则来。”我从裤兜里拿出水果刀，在女孩们眼前晃着，刀刃上分布着密密麻麻的锯口。

“我要回家。”小B花容失色，起身想走。

我挺身挡在房间门口，小B那柔软的小手根本无法将我推开，被我反手一巴掌打翻在床上，低声抽泣起来。

我沉睡很久的兴奋感被唤醒，我的兴致愈发浓盛。

“你到底想怎么样？”相比小B，小A要冷静一些，但是从带着颤音的话语中能知道她也被吓得不轻，特别是在我出手伤人后。

“我只是想玩个游戏，你们配合就行。”我用水果刀指着女孩们。

“小麦，别再开玩笑了，你可从来不这样，你再这样我们就要叫了。”小A说道，身子不断往后方移动。

我坐到床上，一把抓过小A，用刀子抵着她的喉咙道：“叫吧，看看是邻居听到叫声先赶来，还是刀子先进你的脖子。”

小A终于忍不住哭出了声，而她身边的小B已经吓得不敢发出声音，身子不由自主地颤抖着。

“玩不玩？”我厉声问道。

两个女孩只是发出呜呜的哭声，没有回答我。

“让你们来并不是要你们的命，只是想和你们玩游戏。”我放正椅子，坐了上去，好声好气道，“你们也不想想，如果玩游戏顶多一个人中毒，那人还可能是我，那时候你们还不是平平安安地回去？”

劝说与威逼双管齐下，女孩们终于就范，虚脱一般无精打采，哆哆嗦嗦地坐正。

“嗯，这样才听话。”我打开广口瓶盖，“来，猜拳吧。”说完这句话我能感觉热血沸腾，这种期待感是前所未有的。

天空响起惊雷，吓得女生抱在一起。一只雏鸟掉在窗台上，再也飞不起来，这是一只小麻雀，估计是在飞行中体力不支掉下，望着天空渴望母雀来救它。

“你这算什么？”我说道。

小B在出拳时居然伸出了三根手指，看来是紧张得手脚僵硬。

小B不知该怎么解释，急哭了。

“算了，这次不算，下次再出现这种情况，胶囊就是你的。”我觉得自己还算宽容，“继续吧。”

说句实话，出拳的一刹那真是一种超脱般的享受，我都能听到自己的心跳声，心肌收缩在瞬间增强动力，肾上腺分泌的激素让酥麻感在全身游走。

“哈哈，你看，不是我输了吗？”两个女生的手是张开的，而我却握拳，我输了第一局。

刚刚的兴奋劲儿还没退去，胶囊拿在两指指尖搓动时又迎来新一波高潮，兴奋得我并没有喝水，直接把胶囊咽下了肚。稍有苦味，由于我没有尝过砒霜，无法辨别所吃的是否是毒药。

“啊！”女孩们吓得用手掌挡住眼睛，真是两个善良的女生，应该好好看着，咒我中毒才对吧？

我就像丛林中的士兵，每一秒都有从天而降的炸弹，即使这一秒安全，不能保证下一秒不会被炸得粉身碎骨；我又感觉自己正处于支离破碎的小舟上，滔天的波浪在我身边肆虐，每分每秒都在与死神为伍，无法摆脱失重般提心吊胆的折磨。

风平浪静了。十分钟过后，我没有一丁点儿不适，我知道自己安全了。汗水此时才从两鬓间流下，我感到很累，原来面对慢性死亡是这么可怕，同时也感到前所未有的兴奋，这是死而复生后的快感。

“下一轮。”我喝口水，说道。

“小麦，求求你饶了我们吧，你说什么我们都做。”小B苦苦祈求道。

“起来。”我说，“看我吃毒药很爽吧，到你们自己就㞞了？”我强行把她拖起坐好。

“说不定还是我吃呢。”我笑道，看看手表，又开始软硬兼施，“你们也看到了，一轮起码要花上十分钟，现在快四点了，我爸妈四点半就下班，那时候游戏就可以结束，你们就可以回家了。”我帮小B擦掉泪水，她都不敢反抗。

“石头剪子布！”我轻松道，这次我出的是剪刀，小A和我一样，问题是少了一只手，小B怕到没有出！

“哪有两把都是你自己轮到的，这次肯定到我们了。”小B已经哭不出声，瘫在床上拿毛毯捂住自己的脸。

“混账。”这下我真的发怒了，一把夺过毛毯扔在地上，举起水果刀就要刺小B，眼看就要刀落。

“阿弟！”窗外传来哥哥叫我的声音。女生看到一丝曙光，刚要叫，被我一手一个捂住嘴。

“别叫，他还在楼下，看看是他上来快，还是我的刀快！”我发狠道，她们这才又消停，涨红了脸，喘着大气。

“哥，怎么了？”我打开窗子喊道，哥哥高中开学早，他今天应该在学校住校，怎么回来了？

“学校明后天放假，让我们复习迎接五校联考。我没带房门钥匙，所以在楼下先喊喊你，你在就好，我去车库修下车再上来。”哥哥回答道。

“好的。”我努力让自己的声音听上去自然。

糟糕，真是半路杀出个程咬金，我立刻盘算起该怎么办。

“让我们走吧，我们保证不告诉你哥哥，也不和爸妈说。”小A哀求道。

“你们记住，要是告发我，我即使进了少管所没几天就会被放出来，那时候，我就不会像今天这么仁慈了！”我说道，“你们听到没？！”

女生们像乖猫咪一样连忙点头。

窗边落单的小麻雀已不知去处，我探出头往下看，它已落在泥土里，被经过的三轮车碾得血肉模糊。

4

出租车行驶在平坦的路上。

“那个麦舒，真是变态。才上初中就这个样子，也难怪现在会犯下残忍的凶杀案。”少愚在车里看完了那篇麦舒日记，握着双拳气愤地说道。

“现在下结论还为时尚早。”柯雪说，“首先，我们无法确定日记的真实性；其次，即使麦舒是穷凶极恶之人，也不能因此得出他就是这次枪杀案凶手的结论。”

“至少，现在我觉得这样的人做出残忍的谋杀案也不意外了。”少愚将那沓日记还给柯雪，柯雪轻巧地折了折，放入裤袋里。十分钟后，出租车在海宁路的老城区停下，两人随即下车。

“到了，海宁路18号。”柯雪指着马路对面的居民楼说道。

烈日当空，晒得柏油路面油光发亮，空气里好像隔了层透明薄膜，扭曲着视线。

“这太阳够毒的呀。”少愚摸摸脑袋，掌心烫烫的，早已超过了体温。柯雪没有搭话，环视着周遭，视线在右侧不远的建筑物上停留了片刻，才继续前行。

海宁路18号是麦舒家，地址是从王叔那里打听来的。刚得知地址，柯雪便拉着少愚打车前去，仿佛一分钟都不愿意耽搁。

穿过马路，两人来到居民楼前。这是一幢有些年岁的六层居民楼，楼身呈深浅不一的暗灰色，门牌油漆已经斑驳，楼房右侧印着一个大大的“拆”字。柯雪、少愚径直上了三楼，激起楼道里茫茫灰尘，惹得少愚连连咳嗽。

目的地302室大门紧闭，门上的倒“福”字也褪色发黄。柯雪试探地敲敲门，屋子里没人应答。

“有人吗？”柯雪将耳朵凑近，再度叩门，门内一片寂静。

“我说别来，这下做无用功了。”少愚用手帕捏着鼻子道。

“不一定哦。”柯雪没有失望，走到楼梯口上下张望，并没有邻居路过。他抚摸下巴思考了一会儿，转身要敲301室的门，没想到门自己打开了。

少愚微惊，从门里走出的老太太更是被吓得不轻，大叫了一声。

“你们干什么！”老太太年逾古稀，满头银发，面容因惊吓变得狰狞，右手捂着胸口。她另一只手上拎着菜篮，应该是准备出去买菜。

“奶奶，吓到您了，我们是你对门麦舒的高中学弟，听说他犯了事，就来探望。”柯雪笑着说，样子很淡定。

老太太定了定神，面容才恢复和善，说道：“麦舒吃官司坐牢去了，早不在家了，要探望只能去牢房了。”她没有怀疑两人的身份，话匣子一开就开始念叨，“我是五年前和老伴搬到这里的，一辈子平平淡淡，没想到对面住着一个杀人犯，以前他还常来借酱油、鸡精呢，好在我没让他进过屋，想想都后怕。”

“是啊。”柯雪奉承着老太太，问道，“麦舒还有什么亲人吗？”

“听说还有一个哥哥，以前也住在这里，几年前出去了，好像去了北京。”老人说，“麦舒也是不争气，连个媳妇都没娶，儿子麦寻还是领养来的。”

闻言，柯雪立刻想起王叔留下的日记，日记里麦舒曾经提到过自己有一个哥哥。

“麦舒的儿子现在在哪里？”少愚将手帕收起，问道，“刚才我们敲门，屋里好像没人。”

“麦舒出了事，谁来照顾他呀，就又给送回福利院去了。”老太太叹道，“多懂事的孩子，可惜命苦啊，跟着麦舒就是遭罪，这么小就要出去做工，看着他小手上的老茧，我这心别提有多痛了……不过听说麦舒北京的哥哥已经在办手续，要接着收养他，倒是一件好事了。”

“再向您打听个事。”柯雪说，打断老人的絮絮叨叨，“听说二十四日，对面的龙翔珠宝行发生了盗窃案，您知道吗？”

老太太“哦”了一声，笑着说道：“当然知道，我早上起来晨练发现珠宝行门口围了许多人，其中还有警察。回想起来，凌晨的时候好像是听到了警报声，我还以为是做梦。”

“看您的样子，好像并不为珠宝行被盗惋惜啊。”柯雪说。

“你们是不知道。”老人拢起右手轻声道，“他们明为珠宝行，其实背后有‘社会上’的人照应，真货假货掺在一起卖，顾客要退货，还遭过他们打。”

“麦舒是不是在那里工作过？”柯雪又问道。

“你也知道呀？给他们当过保安，不过上个月好像辞职了，开着自己的小货车干货运。珠宝店被盗了之后，那批社会上的混混来这里找过麦舒，手上还拿着棍子。”老人心有余悸地说。

回程的路上，柯雪和少愚坐在出租车后排。其间，柯雪打过一个电话，是致电王叔的，询问麦舒哥哥的具体情况。

麦舒的哥哥名叫麦钟，三十岁，身居北京，在一家外企工作。

“有没有查过他案发时的动态？”柯雪追问道。

“案发时麦钟正在公司里值夜班，几个同事都为他做了不在场证明。”王叔在电话里说道。

挂断电话后，柯雪出神地望着窗外，明显又在思考什么，一路上都没有说话。

两人回到饮料吧。柯雪打开立式空调，在卡座前坐下，神情还是游离的。

少愚解开polo衫领口的扣子，将身子凑近空调口，开口道："你在怀疑麦舒的哥哥？"

柯雪回过神，坦言道，"总觉得麦舒的行为有些古怪，如果他是凶手，案发后明明有时间处理气手枪和赃款，为什么还留在家中呢？"

"你认为有人在胁迫他这么做？"

"是的，所以我想到了他的哥哥麦钟。"柯雪说，"当然，这纯粹只是推想，毫无佐证。"

"那龙翔珠宝店又是怎么回事？"少愚想起先前柯雪和老人的对话，"我们不是在调查命案吗，怎么又扯上什么盗窃案？"

"我是从今早的报纸上读到盗窃案的，然后，我无意中注意到盗窃案发生的时间。"柯雪徐徐说道。

"时间上有什么特殊吗？"

"盗窃案发生在夜里十二点半，而枪杀案则是在十二点半到一点之间。"柯雪说。

"两起案子发生的时间这么近！"少愚咋舌道，"你觉得，这两起案子之间有关联？"

"别忘了，麦舒曾在发生盗窃案的龙翔珠宝行做过保安，这仅仅是巧合吗？"柯雪笑道，"不可能。"

"盗窃案的犯人抓到了吗？"

"还没有。今早的报上说，嫌犯可能是店里的安保人员，所以才能知道监控摄像头的位置，在盗窃前先行破坏。”柯雪说。

“安保人员……”少愚皱着眉头念叨。

“是不是想到麦舒了？”柯雪注视着少愚，微笑道。

少愚定了定神，整理了一下思绪，才重新开口。

“会不会有这样的可能？”少愚说，“麦舒已经打算犯下枪杀徐妙的命案，于是破罐破摔，在命案前再犯下盗窃案，窃走珠宝。反正已经是死罪了，所以不在乎再多一条盗窃罪。”

“可是，刑警在他家里并没有发现珠宝。”柯雪提醒道。

“兴许是藏到别处了吧，等过了风头再脱手。”

“可是，时间上不允许。珠宝店离命案发生地有八十多公里。从珠宝店开车到幻林，最快也得用上一个半小时。”柯雪否定少愚的推测。

“对哦……这样看，盗窃完珠宝后，麦舒无论如何也不可能在既定时间内赶到幻林的。”少愚沮丧道。

“我原以为盗窃案是曙光，没想到又走到了死胡同。”柯雪摇摇头，“除此之外，困扰我的还有那个密室。昨晚我躺在床上想了一夜，还是没有想到凶犯杀人后从徐妙屋里逃走的方法。王叔说得对，密室就是一堵墙，而我就被困在墙外……”

少愚看着他的憔悴模样，不忍道：“你也不要太有压力，盯着密室不放，密室不一定是解开案件的关键。如果走不通就换个思路，不要做捡芝麻丢西瓜的事。”

“如果那个人爱吃芝麻讨厌西瓜呢？”柯雪执着地说，但是话音未落，他忽然瞪大了眼睛，口中念念有词。

少愚担心柯雪抽羊痫风，连忙上去扶住柯雪，道：“喂，一个案子而已，不至于吧？”

柯雪一脸严肃，双眼直勾勾地盯着少愚：“你小子真牛，一语惊醒了我。”

少愚想起侦探电影中的经典桥段：有时无关紧要人物的一句无关紧要的话，会让侦探豁然开朗。

“不会吧，这里可没有摄像机。”少愚打着哈哈，环顾四周。

柯雪煞有介事道：“你不知道吗，人生才是一部真正的电影。”

“究竟怎么回事，你发现什么了？”少愚一脸迷糊。

“之前我一直在思考，凶手作案后到底是怎么从密室逃脱的，结果越想越乱，根本得不到答案。”柯雪说，“正着来不行，我们不如倒着想，进行反推理，想想密室的成因。”

“密室的成因？”

“不错，也就是说，设置密室对凶犯到底有什么好处。”

“从根本来说，当然是洗清自己的嫌疑了。”少愚忖度道，“比方说，一个人死在密室中，门窗都反锁，那么最先考虑的就是那人是自杀。”

“Bingo！”柯雪打了一下响指，“那么这次的枪杀案，同样是密室，为什么不考虑徐妙自杀的可能性呢？”

“因为凶器啊，如果自杀，凶器该留在室内的，可是在徐妙屋中却没有看到气手枪，很明显是被凶犯带走了。”

“辛辛苦苦设下了密室诡计，为什么还要把气手枪带走呢，两者不矛盾吗？”柯雪继续设问。

“是啊，为什么呢？”少愚盘算道，“将气手枪留在室内，徐妙便有可能被认定为自杀，这样一来，无论是屋门反锁还是子弹抵住胸口射入的角度，都能解释通了，对凶手而言再有利不过，为什么要故意舍弃这样的优势呢？”

“故意。这两个字用得好。”柯雪眉目舒展，“这就是密室存在的意义，凶犯玩了一个逆向思维。他故意要让大家以为本案是凶杀案，带走气手枪，是人为制造了一个凶手的存在。”

“人为制造凶手的存在……就是说……”少愚惊讶地张大嘴巴。

“是的。”柯雪一字一句道，“本案不存在凶手，徐妙就是自杀。”

“这……”少愚目眦欲裂，一时说不出话来。柯雪却已站起，朝饮料吧外走去。

“你去哪里？”少愚连忙道。

“给你解释解释什么叫作‘捡了西瓜丢了芝麻’。”

5

少愚很吃惊地发现桌上多了一个西瓜。

“你还真能这么快弄到西瓜。”少愚伸出手在西瓜表面戳了一下。

柯雪的额头渗出了细密的汗珠：“你先坐下，我给你慢慢讲。”见少愚仍低头在桌面上寻找着什么，柯雪又道，“别找了，我没买到芝麻。”

少愚憨笑着就座，柯雪捧起西瓜道："一件命案就好比一个西瓜，相对于命案，普通盗窃案就只能是芝麻了。"

"的确，如果我是罪犯，当然把人命官司看得比天大，相对而言一般的盗窃案就轻多了，毕竟罪不至死。"少愚搭腔道，却没有明白柯雪说这话的用意。

"有没有罪犯愿意摊上杀人犯的名头，来掩盖一场盗窃案呢？"柯雪剑眉微颤，双眼炯炯有神。

"用杀人案来掩盖盗窃案？这不是找死吗？"少愚提高声音，惊讶道。

"疑案之所以难以破解，就是因为我们按常理思考。"柯雪说，"二十四日凌晨，麦舒根本没有前去幻林，而是看准时间，在零点左右犯下盗窃案，偷窃了珠宝行的贵重珠宝。"

"你说过半个小时内不可能赶到幻林啊。"少愚提醒道。

"麦舒不需要在半小时内赶到幻林。"柯雪道，"因为徐妙之死并非他所为，徐妙是自杀，麦舒为了掩盖盗窃的事实，不惜将一件没有凶手的案件归在自己名下。"

少愚头有些发涨，他轻抚着太阳穴："我们先不讨论世上有没有这么傻的人，问题是，警方从麦舒家搜出了带有徐妙指纹的钱款，这一点怎么解释？"

"麦舒和徐妙是好友，麦舒很可能得知了徐妙的自杀计划。而徐妙既然已决定自杀，把钱送给麦舒也不难理解。"柯雪说，脑海中案件的拼图已悄然成形，"盗窃完珠宝后，麦舒驱车前往幻林。确定徐妙已死，用事前准备好的工具通过卧室南墙上的窗户，将床铺上的气手枪钩出。工具可能是竹竿上加上钩子，案发现场窗户是呈一定角度开启的，离床铺也不到半米，钩出气手枪不是难事。”

“可是，麦舒为什么会做出这样本末倒置的事情？”少愚还是无法接受。

“一个不把自己命当回事的人，什么都做得出来。”柯雪叹道，再次想起那篇日记。

“然而在亲情面前，冷血的人也会表现出前所未有的慈爱。我想他盗窃珠宝是为了让儿子未来过上好日子。但是别忘了珠宝行的黑社会背景，一旦被他们怀疑，自己的命搭上无妨，儿子也可能遭殃。所以麦舒才出此下策，利用杀人案来掩盖盗窃案。他害怕的不是司法程序，而是黑社会无理的报复。”说到这里，柯雪竟有些唏嘘。

“接下来，我们该怎么办？”少愚问。

“将我的推断说给王叔听，希望他能逆转这次的案件。”柯雪显得心事重重，从口袋中摸出手机。

“喂，谜题都解开了，你干吗还愁眉苦脸的？”

“我提供的永远只是推理的方向，如果找不到证据，与臆测毫无区别。”柯雪叹道，“一切就看王叔的了。”

6

辞去珠宝店的工作后，我到郊区的一家合金厂上班，主要负责送货，有时也会帮工人们做活儿。充其量，每天工作时间不会超过三个小时，早上六点上班，也就是九点左右就可以离开工厂，但是我并不急着回家。

徐妙算是我“三朝”的挚友，三朝指的是小学、初中、高中，我们一直是同班同学。他是单亲家庭，家里开销全由他父亲承担，平日里在外奔波忙碌无暇管徐妙，使得他性格有些孤僻，在学校里也就找我说说话。高中毕业后，我俩一同入伍当兵，又被分配到同一个连队。与平凡不冒尖的我不同，徐妙脑筋活络学东西快，才摸了一个多月枪便能枪枪打中十环。不仅如此，他还拉得一手好风琴，连队文艺汇报表演，他总能成为最受瞩目的焦点。

当时，几乎所有人都认定徐妙前途不可限量，连长也很器重他，有外派学习的指标，总是先想到他。或许，就是因为过于顺利，让徐妙有些飘飘然，他变得目无尊长，说话也不分场合、不注意影响。在一次军校学习过程中，他先是和教官起了语言冲突，后来上升到肢体碰撞，动手把教官打进了医院。徐妙被军队除名，送回原籍，军官梦就此破灭。

后来，他在本地尝试做过许多职业，但都不长久。父亲去世后，他经常把自己关在屋子里，整个人的精神状态越来越差。

从部队转业后，我回到故乡。和徐妙一样，我在本地没有什么其他朋友，下班后，我时常到徐妙家做客，与他聊聊天，两个失意的人互相取取暖。徐妙常常叹道“时运不济，命途多舛”，这时的他对生活还是抱有希望的，还和我聊过找女朋友结婚的事情，只是偶尔会神经质地说有人要害他。

然而今年，四处碰壁、一事无成的他开始变得阴郁。年中的时候他被确诊为臆想症，医生建议他住院治疗，他尤为抗拒，说医院的理疗仪会杀光他的脑细胞，坚决不接受。

“你有没有想过自杀？”一次在徐妙家里，他忽然对我说，“与其死在别人手里，倒不如自己解决了爽快。”

“没有人要害你，我们的路还很长。”我安慰他，想到自身的遭遇，只能苦苦一笑。

“别说这种空话了。”徐妙仰起头，呆呆地看着天花板，“你说，要是自杀，你会选用怎样的方式结束生命？”

关于这个话题，我倒真有想过。只是想归想，这辈子都没勇气去做。

“吃安眠药。我希望自己能在睡眠中死去，这样没有痛苦。”我说。

“安眠药自杀，需要吞服很大的量，到时候胃部的排斥反应，能叫你生不如死。”徐妙轻蔑一笑，“我们是军人，该倒在枪口上，就像军神蒙里梅尔那样。况且，那样也没有痛苦。”他伸出手，用食指对准心脏。

“话说，蒙里梅尔的忌日就快要到了。”徐妙垂下头，舔舔干裂的嘴唇，“和他在同一天同一时刻离开，是我唯一值得振奋的事情了。”

“徐妙，不要……”我哽咽了，右手轻轻放在他瘦弱的肩膀上。

“让我去吧，我不想再痛苦下去了。”徐妙微笑着，泪水却沾湿了脸颊，“求你了。”

我说不出话，慢慢低下头，看着眼泪一滴滴落在地面上。

7

半个月后，柯雪的饮料吧里。

少愚坐在卡座里，期待地望着眼前的王叔。柯雪则是像往常那样在吧台里调着饮料，表情不咸不淡的。饮料吧里没有客人，显然是柯雪又下了逐客令。三人像是各怀心事，都没有说话，只听到空调吹出冷气的呼呼声。

王叔摆弄着酒杯，忽然一口喝下。最近王叔喝了很多酒，其实他不当刑警后已经戒酒了。

“没有办法了。”王叔说，“所有的方法都已试过，没有证据能证明麦舒盗了龙翔的珠宝。唯一的证据监控摄像头，你们知道的，视频传输线被犯人剪断了。”

“马路上应该也有摄像监控，查了吗？”少愚关切道。

“海宁路是条小路，处于监控的死角。”王叔擦去嘴上的酒沫，苦笑道，“我们还调出了几条主干道的监控录像，当晚前往幻林的车辆里，没有麦舒的那辆货车，看来他是绕远路有意走了小道。”

“被盗的珠宝也没有查到下落吗？”少愚脸上布满阴霾。

王叔给酒杯斟满啤酒，爱莫能助地摊摊手：“我相信柯雪的判断，只可惜，找不出一点证据。”

“不，案件还有转机，那批珠宝一定有脱手流入市场的那一天，我愿意等。”吧台里的柯雪忽然开口说道，目光闪动着。也许，之前看到王叔那沮丧的表情，他已猜到案情没有进展。

“只是不知道麦舒还能不能等到那天。”王叔摇着头，将杯中酒一饮而尽。

“怎么？这么快就要被执行死刑了？”柯雪意外道。

“不是死刑，是病症，肺癌三期，医生说，麦舒熬不过两个月了。”王叔说，“这么年轻就得癌症，看来这东西也有家族遗传。”

“家族遗传？”柯雪奇道，“麦舒的父母不是车祸去世的吗？”

“我说的是他大哥。”王叔说，“麦舒的大哥麦博当年就是得癌去世的。”

“等等。”柯雪说，“麦舒的哥哥不是叫麦钟吗？他不是在北京吗？”

“那是他二哥，麦家是三兄弟。”王叔道。

“麦博、麦钟、麦舒，分别代表着伯、仲、叔，我早该……早该发现的！你给我的那篇日记其实是麦钟写的！”柯雪表情僵硬，连说话都有些结巴。

“这案子……还隐藏着幕后黑手。”

8

化验单结果出来的时候，我感觉自己只剩下一个躯壳，灵魂飞上了九霄云外，全世界的声音在我耳际回响，凝聚成一个事实：我要完了。

我相信死是一种解脱，而徐妙对死的态度更让我不惧怕死亡。我所牵挂的只是寻儿，我如果死了，他又得被送回福利院。

为了寻儿，我想我得活下去。我拨通了二哥的电话。

“把上个月的钱先还了，我们再聊这个月的事。”听闻我生病，二哥语气较之前稍有缓和，然而听说要借钱，他又恢复了无情的语调。

“二哥，我真的山穷水尽了，不然也不会觍着脸给你打电话。”

“我早就给你出过主意，珠宝店的贵重首饰，你顺上几件，转手的事情包在我身上，亏不了你的。”二哥轻巧地说。他表面上在外企工作，私下里却做着违法倒卖的生意，赚了不少黑心钱。

“我已经辞职，不在那里做了。”

“那你怪谁？”二哥说，“行了，我有事先挂了，你自己想办法。”

“二哥，帮帮我……我不怕死，只是放心不下寻儿。”绝望到了最深处，我开始喃喃自语，“难道没人能帮我了吗？真到了穷途末路，二十四号借徐妙的气枪和他一起走了也好……”

“徐妙？就是你那个神经兮兮的同学？你要带着枪和他去哪里？”二哥问。

“还能去哪里？”我把徐妙的事情与二哥说了，电话那头的他就像发现了新世界，呼吸变得有些急促。

然后，他忽然无征兆地挂断了手机。

这就是骨肉情深吗？我无奈地放下电话，我早该料到这样的结果。

我只得拿出仅有的积蓄看病，这钱本是给寻儿以后上学用的，然而也支撑不了多久。我开始深深地自责，我领来寻儿，却给他一个没有光明的未来。

我的病情急速恶化，医生告诉我治疗只是在延长生命。山穷水尽之时，我接到了二哥的来电，本以为他良心发现，会伸出援助之手，现实却令我心惊。

“老三，我答应替你照顾寻儿。”二哥说，“但是你要帮我做一件事。”

“什么事？”

“替我偷龙翔的珠宝。你曾在那里工作过，下手一定有便利。反正你是将死之人了，坐牢也无所谓。”原来二哥还在觊觎那批珠宝，说这话的时候他的语气竟然是理所当然的，小时候邪恶的本性一点都没有改。

“你以为抓了我就完事了吗？警方一定会追查赃物，难免会查到你身上。况且，你不是不知道珠宝店老板的背景，我怎么能让寻儿陷入险境！”

“不不不，老三。”二哥打断我，“警方和珠宝商不会把你当作偷盗的贼人，因为你是杀徐妙的凶手，你要将这件命案承担下来。”

随后，他说了一个计划，一个用杀人案掩盖盗窃案的罪恶计划。

“为我，也是为你，最主要是为寻儿。你想，你的病已是无力回天，那时将多痛苦，不如注射死刑安乐一些。”

“浑蛋。”我虽然骂道，竟有了一丝动摇。

“事成后，你将珠宝用盒子装好，埋到咱们老屋前的树下，等风头过了我会来取，不，我是替你的寻儿取。你进去之后，我会将寻儿接到北京，给他最好的生活。试问，三弟你能给他这种生活吗？”二哥无耻地笑了。

“二哥，你好狠。”泪水模糊了我的视线。也许二哥这么做是为了钱，也许只是为了实现令他觉得刺激的计划罢了。

“让我再考虑下……”我哽咽道。

“你会答应的。”二哥语气坚定，“我给你时间。”

我挂了电话，筋疲力尽地躺在床上。寻儿天真地靠在我身边，看到我哭泣，为我擦去泪水，他并不知道发生了什么。

为了寻儿，也为了自己，我下定决心。

我闭上眼睛，双手合十，为自己即将犯下的罪孽忏悔。

低 治 愈 的 非 虚 构 剧 场

我们会好吗，还是会更糟

在我的脑海中，

小英、阿宁总是前行在朝阳升起的路上。

各得其所，喜乐安康。

1

谁是你年少时最闻风丧胆、想要“暴打”的人？

毫无疑问，传说中那个“别人家的孩子”。

我的建议是：下手轻点，别打脸可以吗？

小学时，凭着在老师、家长面前卓越的“演技”，我也曾获此殊荣。其实我的心比谁都躁动，并且无比迷恋游戏机。

别看现在的游戏机层出不穷，那个时候，FC红白游戏机才是我们真正的神器。

由于玩游戏容易沉迷，平日里，红白机被爸妈藏在一个固定而隐秘的地方。于是，大人不在家的日子里，我像小悟空搜集七龙珠那样满世界寻找，臭袜子、脏鞋子乃至哥哥私藏的少女写真杂志都在我孜孜不倦的地毯式搜索下重见天日——除了游戏机。

我怎么肯就此罢休？

经过多日的努力，我终于在一次偶然的机会中发现了红白游戏机的藏身之所。当时那个兴奋啊，举着游戏机要飙泪：终于找到你，还好我没放弃！

谁想到——

半个月后我们搬了家，住进了新房。

游戏机再度石沉大海。

除了打游戏，年少的我还喜欢吃甜酒酿。

有时一个人吃不完，第二天便带到学校，和同班男生们利用课间十分钟在楼道里分享。为防止被老师发现偷带零食，他们建起人墙将我围在当中。冬天还好，夏天尤其是上完体育课，十几个男生满身汗臭味包围着我，我都不敢呼吸，就怕熏出上呼吸道感染。

不过，我还是挺享受那种被大家“拥护”的时光，顿时感觉自己成了世界的中心。因此，我每天都记得买酒酿。

当时贩卖甜酒酿的人会骑着自行车经过各家各户，车头上绑个扩音大喇叭吆喝道：“酒酿要伐酒酿”“卖酒酿咯，酒酿来了”。

听到吆喝，我总会捧个大碗下楼，选一份刚酿好的、冒着芳香的酒酿带回家。

习惯成自然。后来，只要听到有吆喝声我就会莫名兴奋，严重的时候还会拿着瓷碗直冲到院子里，生怕错过卖酒酿的人。

结果，那个吆喝的人却眨巴着眼睛无辜地问我：“要磨菜刀吗？”

2

阿宁是镇上最特别的卖酒酿人。

他是镇上酒酿师傅谭伯的三儿子，前两个儿子一个到外地给人做了上门女婿，一个下海经商，于是谭伯说什么都不让小儿子再离开，指望着阿宁继承自己的手艺。

阿宁虽不情愿，但也没有办法。他骑着自行车像父亲当年那样早出晚归，似乎也从父亲身上看到了自己的未来。

不过，阿宁很乐观。

刚过十八岁的他，脸上时常挂着含糖量四个加号以上的笑容，扩音喇叭里放的不是吆喝声，而是歌声，自己唱的歌。

“美丽的梭罗河，我为你歌唱。你的光荣历史，我永远记在心上。旱季来临，你轻轻流淌，雨季时波涛滚滚，你流向远方……”

略带磁性的嗓音，尽管用的是时常会破音的老旧喇叭，听上去还是那么洋洋盈耳。

每当听到阿宁的歌声，我总会迫不及待地下楼，向他买上一些酒酿。

“阿宁哥，你唱得真好听。”我吃着酒酿，一直甜到心里。

而阿宁只是云淡风轻地一笑，挺直腰板跨上永久牌自行车，像个骑士。

不，在我眼里，他就是一个优雅的骑士。

骑士阿宁重新放声高歌，缓缓骑行而去。

骑士阿宁沐浴着春风，陶醉地合上双眼。

闭着眼睛没留意前方道路，骑士阿宁连人带车翻到水沟里……

我吓了一跳，赶紧上去帮忙。

“阿宁哥，你会一直做酒酿给我吃吗？”我替阿宁摆正车头上的喇叭。

“可能不行哦，阿宁哥迟早要一个人出去闯闯。”阿宁揩拭掉自行车身上的污渍，直起身子，伸手指向远方。

我循着他的手指望去，只看到远处的猪棚，所以我一直以为他的理想是去喂猪，想想还是蛮伤感的。

我们小学的女班主任赵老师不喜欢阿宁。

阿宁的歌声太有穿透力，骑车经过校外时，歌声飘到课堂上，弄得跟电影里的背景音乐似的，同学们都熟悉得会唱了，一节好端端的语文课就成了合唱课。连赵老师那只养在学校里、神龙见首不见尾的花猫也忽然出现在教室门口，歪着头眯起眼睛静静倾听。

“这种靡靡之音，放以前是要被抓起来的。”

这让老古板赵老师颇为不快，每次阿宁骑车经过，她总会伸长脖子瞪着眼扫视全班，眼神里带有少许杀气。迫于压力，我们只得闭上蠢蠢欲唱的嘴巴。

有一次，我们强忍住唱意，没有一个人敢出声。赵老师满意地点点头，心情一舒缓，竟然自己唱了出来。

教室里忽然安静了数秒，紧接着同学们纷纷面无表情地低头看书，强行当作什么也没有发生。

这或许是师生间最默契的一次经历。

3

小学班里一直流传着一句话：赵老师喜欢自己的花猫，也喜欢二骅。

赵老师年逾半百一直未婚，把花猫当成儿子。尽管放任花猫白天自由活动，每到夜幕降临，赵老师总会呼唤它的名字，看着它返回教工宿舍才能安心。

而二骅就是我。似乎我的爷爷辈与赵老师之间有过愉快往来，所以她对我关照有加。

但这对我而言实在不是一件好事。

升上四年级，我们班的男生负责操场东北角的卫生，俗称的“包干区”——一块永远也清理不干净的地区，落叶、枯枝乃至死去的耗子，频繁出现在那里。清晨和傍晚，男生们不情愿地撸起袖管，将扫帚搭在肩膀上，无精打采地到包干区干活。

而我，并不在打扫包干区人员中。赵老师将我从包干区名单中划去，每天男生们劳动得累死累活，我却轻松自在地从他们的全世界路过。

男生们开始疏远我，议论我是赵老师的情报员、背后打小报告者。他们围在一起有说有笑，见我来到马上各自散去。节假日，也没有人约我去他家打游戏。

我成了透明人，从家里带来的酒酿再也无人问津，只能悄悄扔进垃圾桶。同桌转学后，只有我一个人身旁空荡荡的，没有男生愿意成为我的同桌。我像个被世界抛弃的孤儿。

更糟的事情还在后面。我们班的学号按性别排列，三十个女生在前，之后才是男生。不巧我正是男生一号——三十一号，紧挨着女生最后一号。赵老师手上那本包干区人员花名册，所有女生名字被划去的同时，也顺手带上了我。

于是乎，我终于摆脱了透明人这一不利的身份，成了……变性人。男生们公开宣扬“咱们班一直以来都是三十一个女生”，见到我进男厕所他们则捂着裤裆乱吼乱叫，轰我出去，吵闹着追打我。

一次，我不堪忍受男生们的追击，面皮一厚躲进了女厕所的隔间里。本想男生应该不敢进来，不料他们却仍是一往无前。

“出来，我知道你个孬种缩在里面！”为首的男生大壮一马当先闯入女厕所，一脚踹开其中一间隔间。

门被踹开，正在如厕的赵老师狼狈地站起来，面皮紫涨。

当天，大壮被练拳击的老爸带回家，缺席了第二天的所有课程。

4

在那段被排挤的孤单日子里，我认识了从城里新搬来的邻居小英。

小英的爸爸租下了我家隔壁整幢别墅，两个人生活本用不到这么大空间，但他似乎并未迟疑就签订了租赁合约。

现在想想，他应该是看中了屋前环境清幽的院子。每天放学回来，我都会看到他在庭院里忙活，给盆栽浇水、替草坪修剪，动作生疏而笨拙。院子的正中摆放着一只编织精细的藤椅，小英悠闲地坐在藤椅里，什么事也不做。

小英与我年龄相仿，是个很随和的男孩。他有一双水灵的眼睛，挺拔的鼻子叫我想起全镇最高最峻丽的那座凤鞶山，只是他的面色始终是苍白着的，没有血色。

没有男生愿意和我玩，只有小英不排斥我，见到我就对我笑，弄得我老是低头检查裤子拉链是否拉好。

我和小英很快熟络起来，一放学就到他家院子里找他。他对学校的事情很感兴趣，我便把自己的故事说给他听，我的遭遇已经够惨，他居然还一副很憧憬的样子。

“好想回家，回学校啊。”小英苦笑着感叹，并不像是装的或是精神错乱。

“你为什么不用上学呢？”我好奇地问。

“刚出院爸爸就带我来这里了，说还要调养。”小英说，“只是……不知道要调养到什么时候。”他的情绪有点低落。

“一定很快啦！”我鼓励他道。

“嗯！”小英笑了，显得信心满满。

小英全名英曦馗，他爸爸喜欢喊他曦馗，只有我叫他小英，因为我害怕提到他时别人问我“曦馗”二字怎么写，我压根不会，总不可能装一辈子耳鸣。

在我看来，小英以后一定会成为了不起的人物，正如他的名字一样与众不同。

想想看，大侠曦馗，多有武侠电视剧里那种仙风道骨的感觉。

而我呢？大侠二骅，跟大侠牛二有一拼，不用想就知道是演员表里最靠后的那几个龙套。

5

我很羡慕小英可以不上学，不必写作业，想打游戏机的时候，他爸爸已经帮他连接好电视机，我们只要坐在客厅沙发上开战便可。

小英拥有一大箱游戏卡带，即使玩上一整天也不会重复腻味，最重要的是，他爸爸不会像我老爸那样看到游戏机就瞪出眼珠发飙，只是偶尔让小英闭上眼睛休息一会儿。

他休息，我玩的时间便相应增加。“沙罗曼蛇”“超级玛丽”“古巴英雄”等游戏一个个玩遍，一尽兴就忘记时间过了饭点，每次都是遛鸟回来的老爸怒气冲冲拽着我耳朵将我拖回家。

那时，我和小英纠结于一款名叫“白鸽传说”的横版过关游戏，因为难度极大，一直没有通关。游戏讲的是男主角的老母亲遭到十恶不赦的大魔王的诅咒，一病不起，男主角必须历经大大小小十三个关卡，将隐秘处所有笼子里的白鸽放生，方可解除诅咒。

打游戏的时候，小英爸爸还会为我们准备许多零食，这其中就有甜酒酿。

和我一样，小英也非常喜爱甜酒酿。不过，他吃的是一种密封冷藏的酒酿，从超市买回来的。

当时，国营百货商店正面临改革，我们镇上刚刚新开了一家自选超市，货品种类渐渐充盈，竟连密封保存的酒酿也有出售。

我尝了尝小英爸爸递过来的酒酿，芳香四溢，新鲜可口，比阿宁做的还要好吃。我一连吃了三碗，酒精摄入过量整个人都要犯晕。

晕归晕，我心中却泛起顾虑：如果随时能在超市买到酒酿，还会有人愿意备着碗、看准时间等候阿宁吗?

我心急如焚，替阿宁着急不已，然后，又吃了一大口超市酒酿。

的确很美味啊。

6

果然，超市对阿宁的生活产生了影响，他空闲的时间变得多了起来。

本来他每天会骑车带着盛放酒酿的铁槽经过我家两次，后来调整为两天一次，再后来，一周都听不到他的歌声了。

有时候，他步行经过我家门口，会带我出去玩。一个周末，阿宁拦了辆三轮摩托，载我到了镇头的电影院看电影。

我早已忘了当时电影的名字，只记得是部文艺到发闷的影片。整场电影阿宁都心事重重，不是发愣就是处于睡眠状态，其间只有一次强打精神集中起注意力，就是女主角脱裤子的时候，女主角穿上裤子他马上又昏睡过去。

“阿宁哥，你好像不开心。”走出电影院的时候，我问道。

“阿宁哥没有不开心，是做了一个决定。”阿宁笑容重新绽放。

“什么决定呀？”

“阿宁哥下决心要离开这里，去外面看看。”

“可是，谭伯会同意吗？”

“所以，要祈祷超市越开越多呀。”阿宁弯下腰，狡黠一笑，“这样，他才会知道自己这门手艺已经走到了尽头，才会放我走。”

“你还是打算去养猪吗？”

“养猪？知道市里的船运公司吗，阿宁哥想去那里上班。”阿宁说，眼神中充满向往，“那就不是看梭罗河了，是真正的大海！”

7

此后，学校生活没有丝毫改进，一如既往的糟糕。

好在有小英陪伴我。

每天放学后，我连书包都不愿意回家放下，便径直前往小英家。

周末，我干脆一清早就去找小英，赖在他家不走。午饭是小英爸爸亲自下厨，据说小英出生后他专门学了厨艺，做出的菜色味俱佳，叫人食欲大振。

而小英的胃口每况愈下，从最初能扒拉上大半碗饭，到后来只能小鸡啄米似的吃上几口。

游戏机玩上一小会儿，便会体力不支，不需要他爸爸提醒，小英就自己靠在沙发上睡去。

唯一的好消息是，我们终于打通了那款叫作“白鸽传说”的游戏，将征途上的所有白鸽放生，解除了魔王的诅咒，男主角的母亲的疾病也就此痊愈。

皆大欢喜。观众、玩家们最喜欢的结局。

要是人生也总能善始善终，该有多好?

“二骅，你说放生鸽子真的能让人健康吗?”迎来游戏结局的那一刻，小英盯着电视屏幕说道。

“当然是假的，骗我们小孩的。”我打算换盘游戏卡带继续玩，随口一答。

小英却沉默了，低垂着头。

我的心里很不是滋味，看了眼桌子上摆放着的甜酒酿，提前离开了小英家。

夕阳西沉，我带着从超市买的酒酿来到坪山公园。

坪山公园与我的小学相通，中间只隔了一扇栅栏门。那里是各种鸟类栖息之地，尤其是傍晚，百鸟回巢，鸟语声能响成一片。

我小心翼翼地将酒酿洒在公园林间，心想这东西吃多了都能把我弄得晕乎乎的，醉几只鸟总不成问题。

况且，暑假里我曾看到过舅舅将泡好的米酒洒在公园地面上，饥饿了的麻雀真的会飞下来啄食，然后像死鸟一样醉倒在地，任凭舅舅哼着小曲拾起来，放入麻袋。

我抬头仰望着树林，百鸟在半空穿梭飞舞，好像没有鸽子的影子。

其他鸟类应该也行吧，我安慰自己道。

洒好酒酿，我将自己隐藏在一棵樟树后，静等丰收。

时间一分一秒过去，不知不觉中我竟睡去。醒来时天色已黑，我连忙起身，拍去身上杂草，期待地目视林地，验收成果。

林地上的酒酿明显少了，但是，地上别说醉倒的鸽子，连麻雀都没有一只。

然而，我还是忍不住叫出声来——

林地里赫然躺着一只花猫。

正是赵老师养的那只猫，都能听到它熟睡时发出的呼噜声。

就在我要上前看个究竟时，那花猫忽然起身，迈着轻浮的步子，晃晃悠悠离开了。

8

第二天，当卧床的小英看到我提着鸟笼来到他家，他先是一惊，马上又捂嘴而笑。我想他明白了我的用意。

鸟笼里装的是我从老爸那里偷来的黄鹂，之前每晚他都要带出去遛鸟。

我和小英打量着笼中的黄鹂，它有着黑黄相间的羽毛，胸膛高挺，挥舞着厚实的翅膀，像个健美的大力士。

“游戏里用的是鸽子，而且有那么多……咱们只放一只，能行吗？”小英半坐起身子，声音轻微。

“放生是善事，善事不分大小。”我想起奶奶说过的话，托着鸟笼靠近窗口，左手将笼门打开。

那黄鹂或许是过惯了无忧的生活，对自由的天空居然无动于衷，还悠闲地啄了几下食盆。

这下倒把我急坏了，我拍打着酸枝木编成的笼子，甚至把手伸进笼子驱赶，那黄鹂竟用双脚死命钩住栖木不肯松开，发出悲戚嘶鸣的同时，还用锥子一样尖锐的鸟喙啄我的手背。

看来，它只想安安静静地做一只吃白食的黄鹂。

我咬咬牙，忍住了鸟喙带来的疼痛，双手捧住黄鹂，将它从笼中拉出，抛向窗外。

那黄鹂先是随重力下坠，随后本能地扑腾了几下翅膀，终于回到空中。

我和小英几乎同时双手合十，闭上双眼。

请带给小英健康吧。

我学着老爸拜菩萨的样子，在心里祈祷道。

对了，也请让超市开遍大街小巷，叫阿宁哥如愿吧。

我继续默念。

捎带……能不能也让我重新回到男生们之中，不再被孤立……

原谅我最后还是掺杂了私心。

黄鹂鸟越飞越高，越飞越远，最终消失在天际。

“二骅，我真的能很快回家吗？”小英仰着头，忽然说道。

院子里的葡萄架上藤蔓彼此间轻缠着，夕阳从枝蔓间洒下，金鳞般的光泽照在绿草坪上，也印在了小英的侧脸上。

“能的。”我不假思索道，“因为你叫曦埴呀。这么难写、独一无二的名字，一定还有很长、很传奇的故事要发生。”

说到这里，我的眼眶湿润了，强忍着没有流下泪水。

“一定吗？”

“一定！”

9

我撒了谎。

当我肯定地说出“一定”的时候，其实我的心里并不那么确定。

然而，我终究无须再去自责，因为小英在两周后和他爸爸一起离开了我们镇。

回家的路上，小英一定是归心似箭，充满着无限的期待吧？

一堂普通的语文课上，赵老师忽然走到我身边。

“放学后记得留下和男生们一起打扫包干区！”

赵老师的声音严厉而苛责，与先前大不相同。她手中拿着的也是一本全新的花名册，我的名字被保留下来，不再像之前那样以竖线划去。

据说几天前赵老师的花猫被人从坪山公园的小河里捞起，像是醉酒般掉进河里淹死的，又听人说最近我出现在那里过，在地上洒了许多酒酿。

我当着赵老师的面，把脸埋入臂弯里，不能抑制地笑起来。

我不曾想到，会以一种意想不到的方式，重新被男生们接纳。而他们终于又愿意吃我带来的酒酿——超市里买的，塑封包装的那种。

阿宁的歌声也没有再飘到课堂上来，它只存在于我的心里，心情好的时候我会怀旧地哼唱。

“美丽的梭罗河，我为你歌唱。你的光荣历史，我永远记在心上。旱季来临，你轻轻流淌，雨季时波涛滚滚，你流向远方……”

而我知道阿宁去的地方并不是河川，他要去一望无际的大海。

一切都向着最好的方向发展，至少我是这么认为的。

当时的我，并不理解临终关怀的含义，不明白回家对于小英而言便是代表生命的终结。

我当然更不会知道企业下岗的风潮即将波及这个三线小城，船运公司已维持不了多少时日。

在我的脑海中，小英、阿宁总是前行在朝阳升起的路上。

各得其所，喜乐安康。

图书在版编目（CIP）数据

我们会好吗，还是会更糟 / 蒋话著. —北京：中国华侨出版社，2015.12

ISBN 978-7-5113-5819-6

Ⅰ. ①我… Ⅱ. ①蒋… Ⅲ. ①短篇小说－小说集－中国－当代 Ⅳ. ①I247.7

中国版本图书馆CIP数据核字（2015）第303843号

我们会好吗，还是会更糟

著　　者：蒋　话
出 版 人：方　鸣
责任编辑：月　姝
版式设计：刘碧微
经　　销：新华书店
开　　本：880mm×1230mm 1/32　印张：8.5　字数：182千字
印　　刷：北京鹏润伟业印刷有限公司
版　　次：2016年4月第1版　　2016年4月第1次印刷
书　　号：ISBN 978-7-5113-5819-6
定　　价：32.00元

中国华侨出版社 北京市朝阳区静安里 26 号通成达大厦 3 层 邮编：100028
法律顾问：陈鹰律师事务所
发 行 部：（010）82068999 传真：（010）82069000
网　　址：www.oveaschin.com
E-mail：oveaschin@sina.com